전석순

1983년 강원도 춘천에서 태어났다.
2008년 《강원일보》 신춘문예에
단편 「회전의자」가 당선되어 등단했다.
2011년 장편소설 『철수 사용 설명서』로
〈오늘의 작가상〉을 받았다.

거의
모든
거짓말

거의

모든

거짓말

오늘의 젊은 작가 11

전석순
장편소설

민음사

차례

거짓말 치기 전에

거짓말은 하는 게 아니라 치는 거라고 알려 준 건 아버지였다. 아무리 생각해 봐도 친다는 건 그다지 좋은 의미가 아니었다. 이를테면 뺑소니를 친다거나 사기를 친다거나. 그러니까 거짓말을 친다는 건 두루두루 나쁜 짓이었다. 사람을 친다는 의미로 봐도 뒤로 치고 들어간다는 의미로 봐도 달라지지 않았다.

그럼 구라를 치는 아버지는 어떤 사람이었을까. 그것도 어설픈 구라만.

나는 하숙생이나 손님을 친다고 할 때의 의미를 거짓말에 넣어 본다. 그건 내 안에 여객을 둔다는 의미다. 아버지가 말한 의미는 아마 여기쯤 닿아 있을 것이다.

여객이 떠난 자리를 멀찌감치 밀어 두고 슬쩍 다른 것을 끼워 넣어 본다. 완벽한 문장이 나오는가 싶다가도 어딘지 모르게 허술하다. 몇 번을 발음해 봐도 이내 어색한 구석이 드러난다. 입에 겉도는 문장은 제대로 익은 거짓말이다. 매끄럽고 완전한 것으론 결국 아무도 속일 수 없었다.

몇 문장을 더 만들어 본다. 그중에는 누군가 내게 했던 말도 끼어 있고 내가 심드렁하게 던졌던 말도 있다. 이런 문장이라면 누구든 기만할 수 있을 것 같지만 동시에 금세 들통나 버릴 것도 같다. 고쳐 보려 해도 어디를 어떻게 바꿔야 할지 모르겠다. 그래서 무작정 믿을 수도 없었고 무턱대고 의심할 수도 없었다.

돌이켜 보면 더없이 모범적인 거짓말이었다.

남자를 만나기 전 거짓말 치는 법부터 배워야 한다.

이제껏 진실은 과대평가되어 왔다. 거짓말은 회복할 수 있을 만큼 사랑을 병들게 하지만 진실은 사랑을 아예 도려낸다. 모든 것을 다 드러낸 관계는 결코 견고하지 않다. 숨어 있던 진실이 드러나는 순간은 이별하는 순간과 정확하게 맞물려 있다.

어차피 사랑이 번지면 거짓말은 들꽃처럼 무리 지어 피어난다. 숨기거나 부정하면서 뒤에선 날조한다. 부풀릴 수 있을 때까지 한껏 부풀리다가 어느 순간 도용하면서 성큼 물러나기도 한다. 돌아서서 상대방을 교란시킬 만한 허구를 잔뜩 키워야 할 때도 있다. 지나치게 아름답고 화려해서 어디에 눈을 둬야 할지 모를 정도다. 나중엔 그게 꽃인 줄도 모른다. 꽃이라고 해 줘도 도통 믿으려 들지 않는다.

사랑을 변질시키고 부패시키는 것은 거짓말이 아니라 덜 피어 궁색한 거짓말이다. 방부제가 필요하다면 잘 익은 거짓말에 푹 담가야 한다. 걸음걸음마다 구라와 공갈이 꽃잎처럼 뚝뚝 떨어지도록.

거짓말은 사랑과 긴밀한 관계를 맺는다.

진실보다 더.

사랑을 유지시키는 힘은 권력도 돈도 외모도 아닌 오직 거짓말에서만 나온다. 권력과 돈과 외모는 시간이 지날수록 변하지만 거짓말은 변해 봤자 다시 거짓말이기 때문이다. 사랑은 언제든 시든다. 사랑이 시들지 않는 것은 거짓말에 들러붙어 기생했을 때뿐이다. 그러니 연애를 시작하는 첫 단계는 사랑이 진실만으로 이루어진 게 아니란 걸 인정하는 것이다. 연애가 어렵다는 사람은 거짓말을 못 치는 사람이다. 심지어 잘 속을 줄도 모르는 사람. 잘 속을 줄만 알아도 훨씬 수월하다. 가짜라도 괜찮다. 사랑에 빠지기만 하면 가짜인 줄도 모를 테니까.

지금까지 남자를 만날 수 있었던 이유는 단 하나, 남자가 거짓말을 잘 치기 때문이다. 사주를 보러 가서도 단번에 알 수 있었다. 남자는 생년월일부터 위장했다. 나에게 속여 온 것과 정확히 일치했다. 그사이 딱히 내 표정을 살피거나 머뭇거리는 일 따윈 없었다. 거기까지는 어지간하면 다 할 수 있는 수준이었다. 자격증 시험을 본다면 3급쯤은 무난히 딸 수 있었다. 이 수준에서 칠 수 있는 거짓말로는 "요즘 몰라보게 예뻐지셨네요."나 "다음엔 제가 살게요." 정도가 있겠다.

하지만 3급은 거짓말에 감정까지 끼워 맞추진 못한다. 처음에는 사주에 귀 기울이는 것처럼 보여도 결국 자기가 던진 말이 거짓말이라는 걸 의식하게 된다. 그러다 보면 어느새 대충 흘려듣고 넘기기 일쑤다. 심지어 명이 짧아 내년이 고비라고 해도 "아, 그래요?" 하면서 남의 일인 듯 시큰둥한 표정을 짓기도 한다.

남자는 끝까지 귀를 기울이고 있었다. 몸은 앞으로 쏠려 있었고 시선은 조금도 흐트러지지 않았다. "그럼 어떻게 하면 됩니까?"나 "정말입니까? 잘못 본 거 아닙니까?" 같은 말을 사이사이 끼워 넣는 것도 잊지 않았다. 이제껏 남자의 목소리는 탄탄해서 짐작이 끼어들 틈이 없었다. 그 목소리마저 흔들렸을 땐 나도 잠깐, 혹시 남자의 진짜 생년월일인가 싶을 정도였다. 아버지라면 그러지 못했을 것이다. 그러니 남자에게 빠지지 않을 도리가 없었다.

　이제껏 남자가 나를 숨기거나 둘러댈 때 한 번도 따지고 들지 않았다. 가장한 남자에게는 진실이 아닌 위장이나 조작으로 반응해야 한다. 남자를 계속 만날 생각이라면. 초보자들은 거짓말에 진실로 맞서는 것이 유리할 거라고 생각한다. 진실의 힘이 더 세다고 믿기 때문이다. 그러나 승률은 같은 방식으로 맞설 때 높아진다. 서로 같은 무기를 갖고 있다는 건 누구 하나 이기거나 지지 않고 오랫동안 팽팽하게 마주한다는 의미다. 거짓말에는 비슷한 농도의 거짓말로 대응하는 것이 좋은 이유도 여기에 있다. 이것만 알아 둬도 절반은 성공이다.

　걸핏하면 사랑한다고 떠벌리고 다니는 소년보다는 남자가 나을지도 모르겠다. 가끔 너무 무신경할 때도 있지만. 그래도 기념일에 선물이 없었던 건 심했다. 남자가 "우리 사랑이 이깟 물건으로 표현될 수 있다고 생각하는 건 아니겠죠?" 했을 때 진작 알아차렸다. 남자가 선물을 준비해 오지 않았다는 걸. 그래도 깜짝 놀랄 만한 선물을 준비했는데 두고 왔다거나 미리 주문했는데 업체 실수로 누락되었다는 식의 거짓말 가이드북 예문보단 마음에 들었다. 예문은 언제 들어도 시시했다. 물론 시시한 예문이 먹힐 때도 있지만. 그러고 보니 그녀는 지난 생일에 자기도 남자한테 비슷한 얘기를 들었다고 했다.

　남자와 만나는 이유가 능숙한 거짓말 때문이라면 소년을 만나는 이유는 좀 다르다. 소년은 이제껏 거짓말을 쳐야 할 순간이 오면 슬그머니 피하는 걸로 버텨 왔다. 아버지처럼 덜 데워진 구라를 섣불리 뱉는 것보단 차라리 그게 나을지도 몰랐다. 수준을 알아보려고 던진 질문에도 소년은 미숙한 대답으로 슬금슬금 뒷걸음질 쳤다. 뒤에 뭐가 있는지도 살피지 않은, 위태로운 걸음이었다.

　"주변에 아는 누나가 많은가 봐?"

　"글쎄요……, 뭐 별로……. 참, 누나 영화 좋아해요? 주말에 보러 갈래요?"

　돌연 창백해지는 얼굴이야 어쩔 수 없다 하더라도 자꾸 껌뻑이는 눈이나 허공을 휘젓는 손은 충분히 조절할 수 있는 것이었다. 게다가 문장 사이사이 공백까지. 이쯤 되면 더 알아볼 것도 없었다. 그가 나에 대해 집요하게 캐물었을 때도 소년은 에둘러 말했다. 그는 최소한 자길 속이지 않아서 다행이라고 했다. 그러다 차라리 거짓말이라도 해 줬으면 좋겠다고 덧붙였다. 소년은 적어도 거짓말을 치지 않는 법에 대해선 좀 알고 있는 건지도 모르겠다.

　소년은 자기가 거짓말을 치지 않는 만큼 상대방도 그럴 것이라고 생각하는 듯했다. 상대방도 나와 다르지 않을 거란 생각은 거짓말을 치는 데 걸림돌이 된다. 소년이 자격증을 따려면 일단 이 생각부터 고쳐야 할 것이다.

거짓말 칠 줄 모르는 사람이 거짓말을 마주했을 때 보이는 반응은 보통 두 가지다. 절대 속지 않겠다고 안간힘을 쓰거나 포기한 채 그럭저럭 속거나. 속지 않기로 작정한 사람은 한껏 키운 의심으로 상대방을 위협한다. 하지만 의심은 거짓말을 시들게 하기는커녕 더 무성하게 만들어 주는 거름이 된다. 거기에 진실에 대한 집착까지 더해지면 거짓말은 거대한 숲을 이룬다. 숲의 바깥에서 안을 들여다보려고 애써 봐도 제대로 보이는 건 거의 없다. 고작 멀리 가느다랗게 흔들리는 나뭇가지나 엷은 울음소리 정도를 마주할 수 있을 뿐이다.

소년은 숲으로 성큼 들어서는 쪽이었다. 그만큼 이제껏 잘 속아 왔다. 알고 속는 것과 모르고 속는 것은 좀 다르지만. 만약 소년이 거짓말 칠 줄도 모르고 속을 줄도 몰랐다면 관계는 벌써 헝클어졌을 것이다.

둘의 수준을 알고 나니 어떤 질감과 색이 먹힐지 알 수 있었다. 그러자 남자와 소년을 동시에 사랑할 수 있겠다는 생각이 들었다. 아무 문제없이 두 관계를 유지하는 것만으로도 1급이 될 자격은 충분할 것이다.

거의 다 왔다. 이제 조금만 더 버티면 된다. 누군가 잡아 빼는 듯 혀가 팽팽해진다. 남자와 소년에게 내 거짓말은 여전히 유효하다.

내가 돌연 정직해지지만 않는다면.

남자를 처음 만난 건 택시 안이었다.

택시는 내가 일러 준 목적지로 향하고 있었다. 승차 거부라도 하면 어쩌나 싶었지만 예상대로 남자는 별다른 말없이 출발했다. 그사이 내가 몇 마디 던지면 남자는 제법 능숙하게 받아쳤다. 마치 내가 던질 질문을 미리 알고 있는 사람처럼 보이기도 했다.

오가는 대화가 좀 말랑해지자 일부러 조금씩 틈을 내줬다.

"이름 불러도 되죠?"

"편하실 대로."

거칠어 보여도 막상 만져 보면 표면이 반들반들한 목소리였다. 목소리에 미끄러지듯 이름을 발음했다. 처음인 것처럼 적당히 휘청거리면서. 그러자 틈이 좀 더 벌어졌다. 그 안에 사소한 거짓말부터 던져 보기로 했다. 그때 남자가 먼저 말을 꺼냈다.

"잠깐 차 좀 세워도 되겠습니까?"

남자가 룸미러를 통해 내 얼굴을 힐끗거렸다. 남자는 내 얼굴을 전부 볼 수 있었지만 내게 보이는 건 고작 남자의 눈과 눈썹뿐이었다. 남자는 한쪽 눈을 찡긋거리다가 눈썹을 들어

올렸다. 입가 쪽 근육을 조금 당기는 듯했다. 그사이 눈동자가 미세하게 흔들렸다. 곧 시선이 내게서 떨어져 나갔다. 해석할 수 없는 눈짓보다 더 위험한 건 여러 가지로 해석할 수 있는 눈짓이었다. 남자가 그랬다.

"무슨 문제라도 있어요?"

"커피 한잔 하고 싶습니다. 마침 저기 자판기가 보입니다."

일단 내려서 좀 더 떠보기로 했다.

숲의 입구였다. 나는 두리번거리며 걸음을 옮겼다. 입구 바깥까지 제멋대로 솟은 나뭇가지가 무성했다. 오랫동안 가지치기를 하지 않은 모양이었다. 한 걸음 들어서 보니 서로 다른 종류의 나뭇가지가 뒤엉켜 있다는 걸 알 수 있었다. 무슨 나무인가 싶어 시선을 뒤 봐도 온통 모르는 것뿐이었다. 앞서가던 남자는 나무 이름을 하나씩 일러 줬다. 목소리는 귓속에 들어오지 못하고 근처를 서성거렸다. 아무리 들어 봐도 아는 이름이 없었다. 남자가 나무 이름을 열 가지쯤 말했을 때 나는 남자와의 간격을 좁혔다.

조금 더 들어서면 줄기가 내 몸을 휘감을 것만 같았다. 그쯤 자판기가 덩그러니 서 있었다. 어디에서 전기가 들어오는 건지 궁금해 한 번쯤 뒤를 살펴보게 만드는 자판기였다. 전원은 숲 안쪽에 있는 것 같았다. 종이컵을 받아 들고 전선을 따라 발길을 이어 나갔다. 그사이 나는 입술을 몇 번이고 씰룩였다. 커피를 반쯤 비웠을 때 어느새 전선은 보이지 않았다.

이제 준비했던 질문을 던질 차례였다.

"결혼은 하셨어요?"

"그래 보입니까?"

남자는 과장된 몸짓 하나 없이 손을 주머니에 찔러 넣은 채 말했다. 표정은 조금도 일렁이지 않았다. 이 정도라면 다른 기술도 어렵지 않게 쓸 수 있을 것이었다.

너무 얕잡아 본 건 아닐까.

순간 내내 일정한 리듬을 유지하던 걸음이 흐트러졌다. 남자는 내가 걸려 넘어질 뻔했던 나무 이름도 알려 줬다. 그사이 비틀거리면서 자세를 바로잡았다. 짐작보다 더 까다로운 상대일 수도 있겠다는 생각이 들었다. 그만큼 성공하면 1급이 될 확률이 높았다. 거짓말은 거짓말을 알아본다. 스타킹까지 맞춰 신지 않은 게 다행이었다. 일단 남자의 말에 부드럽게 휘말리기로 했다.

숲 속으로 좀 더 깊숙이 들어섰다. 젖은 풀 냄새와 땀 냄새가 게으르게 몸을 섞었다. 전선은 여전히 보이지 않았다. 지나친 사이 방향을 틀어 버린 것일지도 몰랐다. 몇 걸음 더 내딛자 어디선가 날카로운 울음소리가 몰려왔다. 그때 남자가 내가 낸 소리라도 된다는 듯 흘끔 돌아섰다. 표정은 잘 보이지 않았다. 그사이 울음이 이를 드러내며 내 앞을 막아섰다.

"그런데 말입니다."

"네?"

"제 이름은 어떻게 알았습니까?"

남자가 내 쪽으로 한 걸음 다가왔다. 내내 말캉하던 목소리엔 어느새 바짝 날이 서 있었다. 만약 남자가 내 눈을 똑바로 바라보면서 사랑을 얘기한다면 나는 그것이 거짓말인지 아닌지 분간할 수 있을까.

숲 속에선 조금이라도 느슨해졌다간 길을 잃기 십상이었다.

"택시 안에 있던데요."

"아, 보기보다 눈썰미가 좋으십니다."

남자는 날 어떻게 본 걸까.

어쨌든 남자는 아직 눈치채지 못하고 있는 것 같았다. 적어도 잘 속아 주고 있다는 건 알 수 있었다. 우리는 같은 무기를 들고 있었다. 나는 남자와 오랫동안 팽팽하게 마주할 것을 예감했다.

PART 1

거짓말과 진실의 공통점 중 하나는 영원하지 않다는 점이다. 둘은 언제고 돌변해서 입장을 바꾼다. 어제까지만 해도 거짓이었던 게 순식간에 진실이 되기도 한다. 그러니 하나를 선택하는 것에 대단한 의미를 부여할 필요는 없다. 영원한 척 굴다가 누가 언제쯤 다른 가면을 쓸지는 아무도 모른다.

그래도 거짓말을 치면 신뢰가 떨어질 거라고 불안해하는 사람들이 많다. 실제로도 그런 이유로 진실을 고집하는 사람도 있다. 하지만 진실만을 말할 수는 없다. 설사 진실만을 말한다고 해도 그것이 신뢰를 보장해 주지는 않는다. 만약 주변에 진실만을 말해 주는 사람이 있다면 그 사람은 분명 적이다.

그러니 긴장할 필요는 없다. 이미 충분히 많은 거짓말을 쳐 왔다. 연인과 기대에 못 미치는 밤을 보내고 나서도 말할 수 있었다. 이런 느낌 처음이야. 나에게 연민을 품는 사람들에게 나도 왕년엔 잘 나갔다고 외쳤을 것이다. 아니라고 믿고 싶겠지만 이미 많은 부분이 거짓말로 얼룩져 있다. 얼룩은 전체를 뒤덮어 무늬를 이룬 지 오래다. 이젠 어디가 얼룩이고 어디가 멀쩡한 부분인지도 알 수 없다.

진실이 밝혀졌을 때보다 조금이라도 낫다면 그걸로 거짓말을 칠 이유는 충분하다. 대신 한 번 치기 시작하면 계속 쳐야 한다는 것을 잊지 말아야 한다. 그쪽이 적어도 진실만을 고집하는 것보단 유익하다. 진실은 수정할 수 없지만 거짓말은 언제든지 유리한 쪽으로 뜯어고칠 수 있기 때문이다.

이번에 맡은 일은 고급 거짓말과 진실을 다루는 기술이 한꺼번에 필요했다. 거의 1급에게 가는 일인데 어쩐 일인지 나 같은 2급에게까지 떨어졌다. 요즘 1급이 귀하긴 귀한 모양이다. 의뢰인이 2급을 더 선호한다는 얘기를 들었지만 깊이 따져 보진 않았다. 어쩌면 이번 심사에서 나를 1급으로 올릴 생각인지도 모른다는 기대만 앞섰다.

3급은 단독으로 고용되는 경우가 드물었다. 보통 세 명이 한 조가 되어 움직였다. 어떤 말이든 세 명이 우기면 거의 진실이 되기 때문이었다. 그렇다 보니 수입은 세 명이 나눠 가져야 했다. 종일 구라를 치고 허세를 부려도 벌이는 시원찮았다. 그나마도 서로 손발이 맞지 않으면 자격증 소지자라는 걸 들키기 십상이었다. 들켰을 땐 횟수와 범위에 따라 자격이 정지되거나 등급이 조정되었다. 그다음엔 일정 기간이 지나야 다시 심사를 받을 수 있었다. 때론 오랫동안 정지 기간이 이어지기도 했다. 신뢰를 회복하겠답시고 진실을 떠벌리고 다녔기 때문이다. 그들이 떠벌려야 할 것은 진실이 아니었다. 더 튼실한 거짓말이었다.

2급이 되고 나서부턴 단독으로 일할 수 있었다. 연결은 자격증 심사 위원회를 통해 이뤄졌다. 위원회는 의뢰 업체에서 원하는 자격 조건을 갖춘 사람을 골라 연락처를 제공했다. 연락처를 받은 의뢰 업체는 일반인과 섞어서 진행하는 면접을 통해 최종 인원을 선발했다.

업체에서는 자격증 소지자를 매장에 투입시켜 보고서를 받았다. 그중에 문제가 되는 부분은 시정했고 칭찬할 만한 부분은 따로 추려 홍보에 이용했다. 기자나 형사도 자격증 소지자를 업무에 활용했다. 심부름센터에서 찾는 일도 점차 늘고 있었다. 언제부턴가 연기가 좋은 배우를 두고 거짓말 자격증 소지자라고 수군거리기도 했다.

면접에서 주요 채점 사항은 거짓말의 능숙 정도였다. 나중에 알았지만 서류 전형은 형식적인 절차일 뿐이었다. 서류를 낸 사람들은 모두 통과하여 면접을 봤다. 면접에서는 1차로 제출한 서류와 최대한 다르게 말해야 했다. 완벽할수록 더 높은 점수를 받았다. 하지만 이미 내 정보를 꿰뚫고 있는 사람들 앞에서 거짓말을 치기란 만만찮은 일이었다. 게다가 면접관은 수시로 이름을 불렀다. 거짓말을 방해하려는 수작이었다. 아무래도 이름이 불리면 거짓말은 흐트러지게 마련이었다. 그래서 면접은 손끝에서라도 거짓말이 샐까 봐 주먹을 쥐게 만들었다. 그게 초보자들의 특징 중 하나였다.

주먹을 쥔 사람들은 전공을 바꿨고 가족 관계를 수정했다. 나중엔 따지도 않은 자격증을 딴 것처럼 얘기했고 가 보지도 않은 도시의 여행기를 주절주절 늘어놓았다. 대뜸 자기 아버지가 이 회사 사장이라고도 했다. 정교한 거짓말은 아니었다. 표정이나 몸짓까지 볼 필요도 없었다. 수식이 지나치게 화려했고 결정적인 순간마다 멈칫했다. 격앙된 목소리는 말할 것도 없었다. 완벽한 거짓말은 거짓말인 걸 알고 들어도 그럴듯한 법이었다.

출신 지역을 속이던 여자는 면접관이 그 지역의 유명한 식당에 대해 묻자 더는 말을 잇지 못했다. 여자는 없는 식당이라도 만들어서 대답했어야 했다. 만약 들켰다면 요즘 세상이 얼마나 빠르게 변하는지에 대해 말해야 했을 것이다. 식당 하나 새로 생기고 없어지는 건 일도 아니라고.

면접관이 슬쩍 "거기 대나무국수집이 유명하지 않아요?"라고 물었다. 결국 여자는 얕은 함정에 걸려들었다. 여전히 주먹을 꽉 쥐고 있었다.

"아, 맞아요. 저도 지나가면서 본 것 같네요."

"미영 씨, 확실한가요?"

그때라도 우겼어야 했다. 하지만 여자는 고개를 숙이고 아무 말도 하지 못했다.

나는 서류에 있는 내용을 거의 그대로 또박또박 말했다. 딱히 고쳐서 말한 건 없었다. 단지 내용을 조금 부풀렸을 뿐이다. 과장도 거짓말의 기술 중 하나지만 아예 다른 얘기를 지어내는 것보단 수준이 낮았다. 그래도 나는 무난하게 면접을 통과했다. 1차에 제출한 서류 자체가 모두 가짜였기 때문이다. 서류대로 말해도 다 거짓말인 셈이었다. 면접관은 끝까지 내가 나온 대학과 가족 관계와 어학연수 중 어느 게 맞는 얘긴지 헷갈려했다.

마지막으로 맨 끝에 앉은 면접관이 나직한 목소리로 물었다.

"혹시 거짓말 자격증 있나요?"

나머지 면접관의 시선이 동시에 나에게 꽂혔다. 질문의 의도가 빤했다. 빤한 의도에 어울리는 거짓말을 알고 있었나. 거짓말 가이드북의 예문을 응용하기로 했다. 고개를 조금 기울이다가 천천히 입을 열었다.

"아뇨. 전 어렸을 때부터 거짓말 잘 못했어요. 부모님이 엄하시거든요."

면접관의 얼굴에, 사실 제가 오래전 당신이 버린 딸이라고 해도 믿어 줄 것 같은 표정이 떠올랐다.

밖으로 나오자 같이 면접을 봤던 여자가 달려들었다. 여자는 내가 표정을 살필 새도 없이 다짜고짜 물었다. 어떻게 하면 거짓말을 잘할 수 있냐고. 대답을 고르며 머뭇거리는 사이 여자는 좀 더 앞으로 다가왔다. 표정은 뭔가에 단단히 속은 사람처럼 억울해 보였다. 여자는 한손에 거짓말 가이드북을 들고 있었다. 내용을 곧이곧대로 믿은 모양이었다. 있는 그대로 믿지 말고 의심하라는 문장은 입문 과정의 첫 단락에 있었다.

내가 입술을 조금 열었을 때 여자는 침을 삼켰다. 아무것도 숨길 생각이 없는 것 같았다. 여자는 3급도 따기 힘들어 보였다.

"거짓말은 하는 게 아니라 치는 거죠."

엄마는 주말마다 예식장에 나갔다. 친척이나 아는 사람의 결혼식이 아니라 생판 모르는 남의 결혼식 때문이었다. 거기서 하는 일이라고는 하객들과 과장된 인사를 나누고 신부 대기실에 들러 하나마나 한 얘기를 던져 주며 자리를 지키는 게 고작이었다. 목소리는 한껏 들떠 있었고 움직임은 지나치게 산만했다. 그래야 결혼식에 사람이 많은 것처럼 보이기 때문이었다. 엄마의 역할은 그것으로 충분했다.

대화는 거의 대부분 예문으로 이뤄졌지만 엄마는 상황에 맞춰 응용할 줄도 알았다. 그래서 한 번 찾은 사람은 다른 역할이 필요해지면 또 엄마를 찾았다. 그래서 두세 탕 뛰는 날도 많았다. 단체 사진까지 찍고 나면 일당이 나왔다. 엄마는 영수증처럼 단체 사진을 갖고 있었다.

그 나이에도 꾸준히 돈을 벌 수 있는 건 자격증 덕분이었다. 자격증을 준비하는 사람 중엔 정년 퇴임을 앞둔 사람도 많았다. 그들의 거짓말엔 구수하면서도 한쪽이 묵직한 맛이 있었다. 이 나이에 그깟 거짓말 좀 들키면 어떠냐는 식의 안정감도 스며들어 있었다. 파릇파릇한 거짓말보다 그런 걸 원하는 곳이 있었다. 하객 대행업체도 그중 하나였다.

까다로운 사람들은 돈이 좀 들더라도 1급만 고집했지만 보통 세 명씩 짝을 지은 3급이 맡았다. 가족이나 친척 같은 주요 역할만 2급이나 1급을 쓰는 게 보편적이었다. 3급은 하객 대행업체에서 경력을 쌓은 다음 다양한 역할 대행업체를 돌아다니며 2급을 노렸다. 심사를 통해 2급이 되면 정식으로 계약을 맺고 매장 안을 탐색하는 작업까지 맡을 수 있었다. 그러다 1급이 되면 정규직으로 채용되거나 연수 과정을 거쳐 자격증 강사로 나섰다. 1급 자격증에는 홀로그램이 붙어 있었다. 보는 각도에 따라 보이는 그림이 달랐다. 토끼인가 싶어도 조금만 고개를 틀어 보면 찻잔이나 숫자가 보였다. 홀로그램 안에는 거의 모든 거짓말이 숨어 있는 것 같았다.

엄마는 끝까지 현장에서 뛰고 싶어 했다. 이번 달만 해도 신부의 둘째 고모이기도 했다가 신랑의 이모나 작은엄마가 되기도 했다. 아직 할머니 역할을 맡은 적은 없었다. 그러기에 엄마는 젊었다. 얼굴이나 몸뿐 아니라 거짓말에도 생기가 돌았다. 이제까지 찍었던 단체 사진을 보며 그때 맡았던 역할을 다 꿰고 있는 것만 봐도 알 수 있었다. 그날 오갔던 대화는 한 토막도 놓치지 않았다.

탱탱한 거짓말을 듣다 보면 나는 엄마의 나이와 이름을 금세 잊어버렸다. 그럴 때면 얼마쯤 안심할 수 있었다. 그때만큼은 안심을 의심해 보지 않았다.

일요일 아침이면 엄마는 한복을 차려입고 미리 받아 온 신상 명세를 외웠다. 언젠가 목소리가 평소와 다르게 콧소리가 섞여 있던 적이 있었다. 가만히 듣고 있으면 진짜 누군가의 이모쯤 되는 여자처럼 보였다. 그러자 오랜만에 만나는 어른에게 그러하듯 먼저 다가가 안부를 물어야 할 것만 같았다. 그래서 괜히 헐렁한 목소리로 "안녕하세요? 영철이 이모님이시죠? 저 알아보시겠어요?"라고 했다. 엄마는 시선도 안 돌리고 "넌 아직 한참 멀었다!"라고 쏘아 댔다. 뭘 보고 그러는 건지 알 수 없었다. 목소리의 리듬이 일정하지 않나.

작정하고 제대로 거짓말 쳐 보려고 하자 엄마는 현관을 나섰다. "엄마, 잠깐만!" 하고 부르니 엄마는 "거 봐. 금방 엄마라고 할 거면서 까불기는! 그래서 넌 여태 1급이 못 되는 거야." 하고 받아쳤다.

가끔 엄마를 따라 예식장에 들어서기도 했다. 언제부턴가 어린애들도 예식장에 투입되었다. 아역 연기자로 데뷔를 앞두고 있는 애들이 대부분이었다. 아이들은 누구라도 엄마라고 부를 준비가 되어 있는 것처럼 보였다. 눈을 부라리며 목소리엔 잔뜩 힘을 주고 예식장 곳곳을 누볐다. 나도 저 나이 때 시켜 줬으면 더 잘했을 것 같았다. 내 생각을 읽었는지 엄마는 콧방귀를 뀌며 말했다.

"어째 요즘 애들은 점점 더 똑똑해지는 거 같아. 너 때랑은 많이 달라."

"그러게, 엄마."

"애 좀 봐. 엄마라니?"

엄마와 나의 관계는 때마다 달랐다. 나는 이따금 고모나 작은엄마를 바꿔 부르기도 했다. 하지만 엄마는 한 번도 그날의 내 이름을 잘못 부른 적이 없었다. 고향이나 어린 시절의 일화도 잊는 법이 없었다. 엄마는 눈썹을 그리는 각도나 입술 색까지 그때그때 가족에 맞췄다. 그러면 마치 보호색을 갖고 있는 것처럼 주변 사람들과 적당히 스며들었다. 그래서 나는 매번 다른 사람과 예식장에 들어서는 기분이었다. 엄마의 거짓말은 언제나 담백하고 깔끔한 구석이 있었다.

결혼식에 다녀올 때마다 엄마는 아버지도 같이 다니면 좋을 텐데, 하면서 혀를 찼다. 쯧쯧, 하는 소리 끄트머리에선 버릇처럼 되뇌었다.

"요즘 같은 세상에 구라 하나 제대로 못 치는 양반을 어따써."

그 말에 이어 엄마가 내게 물은 적이 있었다. 예식장에서 돌아오는 길이었다. 그날 의뢰인이었던 신랑은 내가 사촌 동생과 존댓말을 주고받는 걸 목격했다. 의뢰인이 강력하게 건의한다면 한 번의 실수로도 벌점을 받아 자격이 정지될 수 있었다. 다행히 엄마가 능글맞게 둘러대 유야무야 넘어갔지만 신랑의 표정은 한동안 단단히 굳어 있었다. 나는 신랑이 자격증 심사 위원회에 연락하지 않기만을 바랐다.

엄마는 마른세수를 하다가 입을 열었다.

"너 언제까지 2급 구라만 풀면서 떠돌 거야?"

나는 그게 아버지를 염두에 두고 하는 말이란 걸 알았다.

실연당한 사람들을 대상으로 진행하는 상담 프로그램 중 몇몇은 내담자에게 슬쩍 거짓말 자격증 초급반 가입을 떠보기도 했다. 부음으로 괴로워하는 이들이나 파산과 이혼을 한꺼번에 겪은 이들에게도 암암리에 권장되었다. 작가나 판매 사원이 되기 위해선 1급이 필수라는 소문도 파다했다. 결혼을 앞둔 신부가 예비 신랑이 거짓말 자격증 소지자인 걸 알고 고민에 빠진 경우도 흔했다. 그래 봐야 고작 3급이라는 의견과 앞으로 어떻게 믿고 사느냐는 의견이 맞섰다. 뒤에는 그럼 당신은 언제나 진실했느냐고 따지듯 묻는 질문이 이어졌다.

진실과 마주하는 순간이 두려워 거짓말을 피하는 사람은 여전히 많았다. 하지만 그 순간은 아예 오지 않거나 오더라도 위장이나 은폐 혹은 기만 사이로 슬그머니 지나가 버린다는 걸 곧 깨닫게 될 것이다.

거짓말 자격증을 소지한 사람은 점점 늘어났다. 한 취업 준비생은 무슨 자격증인지도 모르고 덤볐다가 덜컥 3급을 따기도 했다. 취업 준비생은 자신이 이렇게 거짓말을 잘했다는 걸 어떻게 받아들여야 할지 난감한 표정이었다. 그 표정도 어딘지 모르게 잘 빚어진 가면처럼 보였다. 그는 "이것도 기술이라면 기술……"이라고 얼버무렸다. 그는 겉으로는 진실한 인재를 구한다고 하지만 어떤 회사에서는 거짓말 자격증 소지자를 우대한다는 걸 곧 알게 될 것이다. 진실한 인재를 구한다는 것 자체가 구라인 것도.

자격증 심사 위원회에서는 어느새 3급 자격증 취득자가 워드 자격증 소지자를 거의 따라잡았다고 발표했다. 2급으로 지낸 지 오래된 나는 '거의'라는 말의 범위가 정해져 있지 않아 발표된 내용이 과장이나 축소 혹은 은폐일 수도 있다는 걸 알았다. 발표 이후 몇몇은 우리 사회가 그렇게 썩었을 리 없다고 한탄했다. 한편에선 우리가 이미 오래전부터 거짓말을 인정해 왔다는 주장이 제기되었다. 그들은 증언 거부권과 익명성 보장, 비밀투표는 사실상 거짓말을 찬성하는 거라고 보기도 했다. 그러자 거짓말을 심사하는 사람의 말을 어떻게 믿느냐고 따지는 부류가 나왔다. 관계자는 "아니라고 믿고 싶은 거겠죠."라고만 대답했다. 더 따지고 드는 사람은 없었다.

자격증 소지자가 늘었다는 걸 확인할 방법은 없었다. 자격이 정지될까 봐 대놓고 드러내는 사람이 없기 때문이었다. 자격증 교재가 여전히 음지에서 거래되고 있는 것도 같은 이유였다. 교재 중에선 거짓말 가이드북이 가장 공신력 있었다. 가이드북을 자격증 심사 위원회에서 펴낸 거라는 소문은 공신력을 부추겼다. 가이드북은 자격증 준비와 함께 곧바로 실생활에 활용할 수 있어서 비공식 추천 도서로 자주 오르기도 했다. 부모들 사이에선 어차피 우리 아이가 거짓말을 칠 거라면 올바르게 치도록 교육하자는 움직임까지 일었다. 거짓말 조기교육의 중심에도 거짓말 가이드북이 있었다.

어쩌면 내 주변에도 이미 많은 사람들이 거짓말 가이드북을 갖고 있을지 몰랐다. 하지만 거짓말 가이드북을 갖고 있다고 해서 모두 자격증을 딸 수 있는 건 아니었다. 겨우 필기시험을 통과할 수 있을 뿐이었다. 문제는 실기였다.

사람들이 이렇게 거짓말을 잘할 줄 예상하지 못했던 건 자격증 심사 위원회도 마찬가지였다. 상급 시험은 점점 까다로워졌다. 한 번만 보던 실기는 두 번에 걸쳐 진행되었고 얼마 전엔 거짓말 탐지기 테스트까지 추가되었다. 이젠 생체리듬이나 심장박동 수까지 조절할 수 있어야 했다. 한편에선 탐지기 결과를 일부러 조작한다는 얘기도 있었다. 그러니까 거짓말을 쳤는데 탐지기에선 진실이라는 결과가 나올 때의 반응을 살피는 것이었다. 거기에 망상까지 자유자재로 조절할 수 있어야 한다거나 가까운 지인이나 가족을 속이면 가산점이 두 배라는 소문도 돌았다. 역할 대행업체에서 받아야 하는 실적 점수의 기준도 상향 조정되었다. 그러자 학원이나 과외도 성행하기 시작했다. 수료증을 받으면 자격증 시험에서 가산점을 받을 수 있다고 광고하기도 했다. 결국 거짓말로 밝혀졌지만 원장을 크게 신경 쓰지 않는 듯했다. 거짓말을 배우려는 사람에게 거짓말을 한 게 무슨 잘못이냐는 것이었다.

몇 년 전부턴 실생활에서 구사한 다양한 거짓말을 바탕으로 보고서까지 제출해야 했다. 의뢰인의 요구 사항에 맞춰 작업한 후 작성해야 하는 보고서였다. 의뢰인은 심사 위원회에서 임의로 연결해 줬다. 보고서에는 최소 세 가지 이상의 거짓말 기술이 포함되어야 했다. 보고서와 함께 의뢰인의 만족도를 중심으로 심층 면접까지 통과해야만 겨우 1급이 될 수 있었다. 그나마도 매년 재심사를 통과해야만 1급을 유지할 수 있었다.

그 외에도 새로운 방식과 가산점 제도는 꾸준히 도입되고 있었다. 올해부턴 매년 있던 등급 심사가 2년에 한 번씩 시행되는 걸로 바뀌기도 했다. 그러자 1급 소지자는 점점 줄어들었다. 이런 현상을 두고 누군가는 드디어 사람들이 진실을 말하기 시작했기 때문이라고 했지만 아니었다. 여전히 모두 거짓말을 쳤다. 다만 다들 너무 잘 치다 보니 능숙함의 기준이 좀 높아진 것뿐이었다.

이제 3급 정도는 일상적인 수준으로 이해되었다. 몇몇 심리학회에서는 3급까지를 정상으로 봤다. 처음 자격증이 생겼을 때만 해도 그들은 그것이 정신병 경력이나 마찬가지라고 했다. 하지만 이제는 3급도 따지 못하는 건 도리어 사회생활에 적응하지 못할 징후라고 판단했다. 거짓말 자격증이 없는 사람은 진실한 사람이 아니다. 아무 준비 없이 시험을 봐도 3급 정도는 무난하게 딸 수 있는 사람이 주변에 허다하다. 그들은 아직 자신이 진실하다고 믿고 있을 뿐이다.

나는 어학연수 경험이나 높은 토익 점수도 명문대 졸업장도 없다. 내가 할 줄 아는 거라곤 거짓말뿐이다. 거짓말만 있으면 모든 것을 만들어 낼 수 있었다. 의뢰인이 원하는 대로 맞춰 주는 건 그다지 어려운 일이 아니었다. 진짜인지 아닌지는 그다지 중요하지 않았다. 중요한 건 그럴듯해 보이느냐였다.

이제 어지간한 일은 거의 1급을 원한다. 실수한 다음부턴 하객 대행업체에서도 불러 주지 않았다. 아무래도 엄마만 따로 부르는 눈치였다. 그날 신랑이 자격증 심사 위원회에 건의한 것일지도 몰랐다. 이러다간 다음 심사에서 외려 등급이 떨어질 수도 있다. 엄마가 언제까지 2급 구라만 풀 거냐고 물었던 게 떠오른다. 더는 여기저기 떠돌며 일을 맡고 싶지 않다. 이번에야말로 꼭 1급이 되어야만 한다. 이대로 아버지처럼 살 순 없다. 이번 일만 잘 끝내면 등급 심사에서 높은 점수를 기대할 수 있을 것이다.

가게 안으로 들어서기 전 손님이라고 주문을 걸어 둔다. 내가 남자에게 "나에겐 당신뿐이에요."라고 말하기까지 그랬던 것처럼.

새로운 여객이 내 안쪽을 기웃거린다. 완전히 들어와 자리 잡을 때까지 가만가만 기다린다. 여객이 짐을 풀고 아랫목으로 파고들어 눕기도 전에 움직였다간 들킬 게 뻔하다. 손님으로 가장한 것을 들켰을 땐 두 가지 중 하나다. 과잉 친절을 실컷 받고 나오거나 재수 없다고 욕을 잔뜩 먹고 나오거나. 물론 돈도 받을 수 없다. 그걸로 끝나는 게 아니다. 자격이 정지될 수도 있다. 등급 심사는 받아 보지도 못할 것이다. 거짓말을 들킨 사람처럼 쓸모없는 사람이 또 있을까.

생기지도 않은 일을 자꾸 상상하는 건 아무런 도움이 안 된다. 목적이 분명하다면 거짓말은 가만히 있어도 저절로 조밀해진다.

수첩을 들고 들어가면 들키기 십상이다. 휴대폰에 있는 메모 기능도 되도록 사용하지 않아야 한다. 자꾸 휴대폰을 만지작거리는 걸로도 들킬 수 있다. 의심받을 만한 행동은 무엇이든 삼가야 한다. 적당한 긴장이 없다면 진실은 금방 고개를 들 것이다. 거짓말은 속으로도 중얼거리고 입 밖으로도 내뱉지만 결국 온몸으로 치는 거란 사실을 잊어선 안 된다. 걸음과 손짓과 시선이 한통속이 되어야 한다.

안으로 들어가는 시각부터 확인한다.

어딜 가나 가장 먼저 확인해야 할 것은 인사다. 의뢰 업체가 가장 중요하게 생각하는 것 중 하나이기 때문이다. 그래서 인지 어떤 곳은 아예 인사만 하는 직원을 따로 둘 정도다. 단순히 인사를 하고 안 하고가 중요한 게 아니다. 허리는 어느 정도 굽혔고 목소리와 표정은 어땠는지 기억해 둬야 한다. 종업원이 허리는 전혀 숙이지 않은 채 고개만 까딱이며 인사를 했다거나 종업원의 목소리가 거의 '레' 음에 가까웠다는 정도를 체크해 주면 된다.

의뢰 업체마다 확인해야 할 사항들은 거의 비슷하다. 하지만 평가하는 기준은 모두 다르다. 어떤 곳에서는 인사를 90도로 해야 친절하다는 평가를 내렸고 목소리나 표정만으로 평가를 내리는 곳도 있었다. 같은 사람이 인사를 해도 평가는 엇갈릴 수 있다. 보고서를 바탕으로 제 안에서 각자의 진실을 만들어 내는 것이다. 그러고 보면 어디에도 순정한 진실은 없다. 각자가 진실이라고 믿는 것이 있을 뿐.

보고서에는 감정이 들어가면 안 된다. 초보자들은 보고서를 쓸 때 죄책감에 매몰되기 십상이다. 보고서 때문에 누군가 불이익을 당하진 않을지, 혹시 매장이 통째로 없어져 버리는 건 아닐지, 그러면 도대체 몇 명의 실업자가 나오는 건지. 계속 일을 하려면 보고서 덕분에 매장이 개선되고 점원의 친절도가 향상된다고 생각하는 편이 낫다. 그래야 거짓말에도 탄력이 붙는다.

감정이 스며든 문장은 금방 물렁해진다. 음식이 공기와 만나는 순간 썩기 시작하는 것처럼 거짓말은 감정과 만나는 순간 밑바닥부터 무너진다. 거짓말이 내려앉는 건 순식간이다. 그 자리엔 진실이 눈을 부릅뜨고 오도카니 앉아 있다. 눈이 마주치는 순간 진실은 나를 집어삼킬 것이다. 나의 불쾌함은 아무도 믿어 주지 않는다. 보고서에서 필요한 건 거스름돈을 한 손으로 줬다는 것과 계산하는 데 걸린 시간이 42초라는 것뿐이다. 불쾌할지 안 할지 판단하는 것은 의뢰 업체의 몫이다.

응대자의 인상착의를 명확히 기록하는 것도 빼먹어선 안 된다. 신체적 특징은 되도록 전부 기록해 주는 게 좋다. 물론 예쁘게 생긴 점원이나 뚱뚱한 점원이라고 해선 곤란하다. 누가 봐도 예쁜 사람이나 뚱뚱한 사람은 드물다. 대부분 명찰을 달고 있으니 이름부터 기억해 두는 게 편하다. 내가 남자의 택시를 탔을 때 가장 먼저 한 일도 이름을 확인하는 일이었다.

남자에 대해 보고서를 쓴다면 이런 문장을 늘어놓아야 할 것이다. 머리 모양은 단정하고 안경은 쓰지 않았음. 앉아 있어 키는 알 수 없으나 몸무게는 70킬로그램 정도일 듯. 하지만 나는 남자의 피부는 우유와 시럽을 거의 넣지 않은 커피색과 비슷해서 다리가 후들거렸고 굳게 다문 입술은 왠지 듬직해 보였다라고 쓸 것 같다. 그녀는 이 문장을 진실이라고 믿을 수도 있겠다.

눈은 정신없이 움직인다. 짧은 시간 안에 많은 것을 확인하려면 어쩔 수 없다. 아무것도 보지 않는 것처럼 가게 안의 모든 것을 살펴봐야 하는 기술이 필요하다. 다른그림찾기나 숨은그림찾기가 훈련 과정에 포함되어 있는 것도 이런 이유에서다. 식당 안에 꼭꼭 숨은, 혹은 부러 숨겨 놓은 것까지 집요하게 캐내야 한다. 종업원을 찾고 있던 것처럼 보이도록 적당히 주변을 둘러본다. 청소 상태와 위에서 지시한 인테리어가 그대로 잘 적용되어 있는지, 조명은 음식을 먹는 데 지장이 없을 정도인지. 두리번거리다가 종업원과 눈이 마주쳤다고 긴장할 필요는 없다. 살짝 웃어 주면 그뿐이다. 만약 내게 다가온다면 적당한 질문을 던지면 된다. 화장실은 어디 있느냐고 혹은 런치 타임은 몇 시까지냐고 묻는 정도면 충분하다. 메뉴판을 살펴보는 척하면서 미리 꺼내 둔 온도계를 곁눈질한다. 안이 좀 더운 것 같은데 매장 안 온도는 별문제 없어 보인다. 물론 보고서에는 실내 온도만 적어 주면 된다.

이제 의뢰 업체에서 지정해 준 음식을 주문할 차례다. 보통 이번 시즌에 새로 출시된 음식이다. 메뉴판을 보지도 않고 시켰다간 의심받기 일쑤다. 짐짓 어떤 걸 고를지 신중하게 고민하는 표정부터 끌어내야 한다. 고개를 숙이고 있다고 해서 긴장을 늦춰선 안 된다. 고개를 숙여도 표정은 어디서든 노출될 수 있다. 거짓말이 늘 예상치도 못한 상황에서 들통나는 것처럼.

"이걸로 주세요. 골드 씨, 푸드…… 망고 더……"

이미 여러 번 들어 봤지만 처음인 것처럼 떠듬떠듬 발음한다. 입안에서 혀가 자리를 잡지 못하고 우왕좌왕한다. 다시 한 번 발음하려고 해도 잘 되지 않을 것 같다. 거짓말 컨디션이 좋다는 징조다.

"아, 골드 씨푸드 망고 더블 치킨 샐러드 말씀이시죠? 이번 달에 새로 출시되었답니다."

여자아이가 이번 달에 새로 출시되었다고 알려 줬다는 점을 체크해 둬야겠다.

"근데 이거 칼로리가 얼마나 돼요?"

시선을 고정한 채 또박또박 묻는다. 의뢰 업체에서 꼭 물어 봐 달라고 했던 질문이다. 골드 씨푸드 망고 더블 치킨 샐러드의 가장 큰 특징은 기존 샐러드보다 칼로리를 현저히 낮췄다는 점이다. 의뢰 업체는 이 점이 잘 홍보되고 있는지 궁금해했다.

무릎을 꿇고 눈높이를 맞춰 얘기한 것까진 좋았는데 여자아이의 표정이 금세 흐트러진다. 표정을 보고 있으니 이미 오래전부터 샐러드가 몇 칼로리인지 궁금했던 것 같은 조바심이 몸속을 파고든다. 의자에 깊숙이 기대앉아 느긋하게 대답을 기다린다. 바닥에서 여자아이의 시선이 뒤엉키는 게 보이는 것 같다. 10초가 지나도록 대답은 나오지 않는다.

별점을 하나 빼야 하나.

"죄송합니다. 이게…… 저기, 새로 나온 메뉴라 잘 모르겠습니다. 잠시 시간을 주시면 제가 알아보고 오겠습니다. 먼저 음식부터 준비해 드리겠습니다."

종업원의 충실한 답변 부분에 별점 하나를 뺀다. 나와 눈을 마주치지 않았다. 심지어 어떤 드레싱을 원하는지도 묻지 않고 사라져 버렸다. 그래도 불쾌한 표정을 짓거나 이상한 사람으로 몰아가진 않으니 나쁜 아이는 아닐 것이다. 순식간에 얼굴을 구기는 경우도 허다했다. 그럴 땐 망설임 없이 별점을 두 개 뺐다. 보고서에는 내가 묻자 종업원의 미간에 주름이 잡히고 입술이 틀어졌다고 썼다. 나쁜 아이는 아닌 것 같다는 문장은 보고서 안에 넣을 수 없다. 그것은 거짓말일 수도 진실일 수도 있다. 의뢰 업체에서 원하는 것은 언제나 무조건 진실인 문장이다.

음식이 나와도 마냥 먹고만 있을 순 없다. 음식이 나오기까지 걸린 시간이 얼마인지, 가게 내의 소음은 어느 정도인지, 직원들 간의 의사소통은 원활한지, 테이블 관리가 어떤지 부지런히 파악해야 한다. 그 와중에도 음식은 다른 손님들과 비슷한 속도로 먹어야 한다. 씹어 삼킬 때마다 머릿속에 한 가지씩 기록해 둔다.

일을 시작한 지 얼마 안 되었을 땐 음식을 먹으면서 잡지를 보는 척했다. 그사이 부지런히 메모를 했다. 중간에 화장실에 가서 메모를 정리하거나 몰래 가게 안을 사진으로 찍어 두기도 했다. 그러니 옆 테이블에서 두 팀이 식사를 마칠 동안 내가 주문한 음식은 거의 그대로일 때도 있었다. 그런데도 왜 자꾸 들키는지 알 수 없었다. 지금 생각해 보면 속는 사람이 있을까 싶다. 일부러 속으려고 작정하지 않는 이상. 그 시절로부터 멀리 떨어져 나온 것도 같고 아직 근처를 어슬렁거리고 있는 것도 같다.

마지막으로 화장실을 체크한다. 청소 상태는 어떤지, 휴지는 충분한지, 핸드워시가 제대로 있는지까지 확인해 보고서에 넣어야 한다. 계산할 때 할인 카드를 안내해 주는지 확인하는 걸로 오늘 일은 끝난다. 평일에 왔으니 이제 주말에 와서 한 번 더 살펴보면 보고서를 완성할 수 있을 것이다. 주말에는 같은 사람인 걸 알 수 없도록 뿔테 안경을 쓰고 블라우스와 재킷 대신 스웨터와 스키니 진을 입고 와야겠다.

두 손으로 건네주는 영수증을 확인하고 막 나오려는데 아까 주문을 받았던 여자아이가 내 팔을 덥석 잡는다. 나도 모르게 아랫입술을 깨문다. 여자아이가 내 입술을 노려보는 것 같다.

들킨 건가.

"손님, 잠깐만요. 아까 드신 샐러드요. …… 그거 529킬로칼
로리예요."

어쨌든 여자아이는 샐러드 칼로리를 말해 주었다. 식사를
다 마친 후이긴 하지만. 아까 머릿속에서 뺐던 별점 하나를
더해 줘야 하나.

그 전에 준비된 질문이 하나 더 있다.

"어떤 드레싱일 때요? 칠리? 오리엔탈?"

"네? 아, 그게……."

나는 눈인사만 하고 나온다. 별점은 변함없다. 뒤에서 사과
하는 목소리가 뒷목을 서늘하게 스친다.

그런데 여자 혼자 식당에 와서 밥을 먹는 것만으로도 종
업원들은 벌써 눈치채지 않았을까. 역시 소년과 함께 올걸 그
랬나. 칼로리를 묻는 질문이 미리 준비한 것처럼 들렸을지도
모르겠다. 어쨌든 이미 던진 거짓말에는 미련을 두지 않는 게
좋다. 앞으로 칠 거짓말을 위해서.

이제 소년을 만나러 갈 차례다.

"누나, 우리 이제 그만해요."

소년은 입을 샐쭉 내민다.

내가 상대방을 샅샅이 살펴볼 땐 딱 두 가지다. 거짓말을 칠 때와 나한테 거짓말을 치는지 알아볼 때. 그렇다고 대놓고 훑어봐선 안 된다. 관찰하는 걸 들키는 순간 상대방의 리듬은 흐트러진다. 그럼 진실도 거짓도 알아볼 수 없다. 물론 자격증 소지자라면 좀 다르겠지만.

거짓말을 볼 때는 목소리뿐 아니라 그것을 둘러싸고 있는 것까지 봐야 한다. 소년은 눈을 두세 번 끔뻑이며 뒤미처 코끝을 찡그린다. 눈가가 파르르 떨리는 것도 놓치지 않는다. 시선은 나를 비켜서 등 뒤로 넘어가 있다.

그냥 떠보는 말이다.

많이 더듬지 않는 것으로 봐선 여러 번 연습한 듯하다. 뭔가 맘에 들지 않는 구석이 있는 모양이다. 이미 저녁을 먹고 왔다는 걸 눈치챈 건지도 모른다. 배고픈 사람처럼 먹는다고 먹었는데 제대로 통하지 않은 걸까. 혹시 누구랑 먹었느냐고 캐묻고 싶은 걸 이렇게 돌려 말하는 건가.

돌이켜 보니 다들 한 번씩은 저런 말투와 표정이었다. 나는 지나간 남자를 떠올릴 때 그들이 진심을 다해 건네준 말보다 얄팍한 거짓말에 무게를 두는 편이다. 소년의 표정을 살피고 있자니 그동안 만났던 남자들의 얼굴이 한꺼번에 떠오른다. 누구 하나 또렷하게 도드라지는 얼굴 없이 우수수 쏟아지다가 이내 흩어진다. 그동안 나는 덤벙대는 대학생이기도 했고 반복되는 야근에 시달려 까칠한 간호사이거나 사무원일 때도 있었다. 언젠가는 연애 경험이 한 번도 없는 척 굴기도 했다. 성격이나 직업은 뒤죽박죽이었고 가족과 친구는 금방 생겼다가 갑자기 사라졌다. 빈자리를 보듬어 볼 틈도 없이 또 새로운 여객이 문을 두드렸다. 지금까지 방이 비어 있었던 적은 없었다. 마지막은 기댈 곳 하나 없는 고아였던가.

마지막은 늘 유쾌하지 못했다. 과정은 거짓이었지만 마지막은 진실이었기 때문일지도 몰랐다. 끝내 거짓이었다면 관계는 오해와 착각으로 얼룩진 추억으로 남았을 것이다. 하지만 헤어질 땐 모두 진실을 원했다. 그래 봐야 믿지도 않을 거면서. 그 많은 남자들은 다 어디로 간 걸까. 진짜 그들과 만나서 이야기를 나누고 마주 보며 커피를 마시고 극장에서 몰래 입을 맞췄는지 의심스러워진다. 얼굴이라도 보면 좀 달라질까.

언젠가 거리에서 수많은 사람들 중 유난히 도드라지는 얼굴을 본 적이 있었다. 누군지는 떠오르지 않는데 아는 사람인 것만은 분명했다. 더 생각해 보기도 전에 불러 세웠다. 그사람이 돌아서자 이름도 기억나지 않는다는 걸 깨달았다. 그사람은 움찔하더니 내 쪽으로 한 걸음 내디뎠다. 그사이 눈매가 미세하게 날카로워졌다. 입 모양이 바뀌는 것까지 보니 기억이 또렷해졌다. 예전에 만났던 남자였다. 한 서너 달쯤. 거기에 생각이 닿자 힘주고 있던 얼굴이 스르르 풀렸다. 먼저 인사할 틈도 없이 그 사람의 목소리가 다가왔다.

"네가 어떻게 날 아는 척할 수가 있냐? 뻔뻔한 건 여전하구나."

내 몸을 튕겨 내는 듯한 목소리였다.

그 사람이 돌아서자 금방 얼굴이 지워졌다. 방금 봤는데도 어느 것 하나 제대로 떠오르는 게 없었다. 그 사람과 만나고 있을 때 난 어떤 사람이었는지, 우리의 이별은 어떤 방식이었는지 떠올려 봐도 소용없었다. 다만 여전히 거짓말엔 젬병이라는 건 알 수 있었다. 그동안 남자는 입문 과정도 떼지 못한 듯했다. 거짓말을 치려면 과거는 되도록 믿지 않는 게 좋다. 지나고 보면 과장하게 되고 왜곡되는 일은 얼마든지 있다. 기억은 허약하다. 희미한 입김에도 뒤틀린다. 그래서 기억은 상상의 일부일 때가 많다. 그 사람은 사랑이 시든 거라고 생각할지도 모르지만 사실 사랑은 그대로다. 다만 때에 따라 증오나 슬픔의 근원으로, 앞으로 살아갈 힘으로 표정만 바꿀 뿐이다.

끝내 선명해지는 얼굴이 없다.

소년의 시선이 내 얼굴에 닿는다. 눈이 마주치자 시선은 허공을 헤맨다. 그사이 소년에게 수많은 얼굴이 지나간다. 적당한 얼굴을 찾지 못한 모양이다.

소년은 희생을 사랑의 증거로 내밀었다. 하지만 희생은 사랑의 변형이 아니라 아예 성질이 다른 것이다. 사랑이 아닌 것을 사랑과 연결시키려고 하니 그때마다 관계가 틀어질 수밖에 없었다. 사랑은 연민이나 우정 또는 존경의 가면을 쓰고 나타나지 않는다. 단지 가면 뒤에 사랑이 있기를 간절히 바랄 뿐이다. 간절한 바람이 몸을 불리면 곧잘 진실이 되곤 한다. 그렇게 만들어진 진실은 기억만큼이나 연약하다. 가느다란 바람에도 쉽게 찢어진다. 안쪽에 오해와 배신을 잔뜩 품고 있기 때문이다. 소년은 아직 그것을 모르고 있다. 그래서 나와의 연애가 가능하다.

소년은 내가 남자를 동시에 만나고 있다는 것을 절대 알아채지 못할 것이다. 알았다고 하더라도 모든 수단과 방법을 동원해 억지나 날조로 만들어 버릴 것이다. 그게 소년이 스스로 자신을 지키는 방식이다.

내가 선택한 방식은 좀 달랐다.

남자에게 그녀가 있다는 건 알고 있었다. 남자는 별 사이 아니라고 둘러댔지만 그래서 둘의 관계가 나만큼이나 깊다는 것을 알았다. 둘러댄다는 건 그만한 가치가 있다는 뜻이니까. 내가 아무리 집요하게 캐물어도 남자는 절대 그녀와의 관계를 인정하지 않을 것이다. 그녀에게도 나를 부정할까. 의문 끝에 언젠가 엄마가 했던 말이 떠오른다. 원래 더 귀한 걸 뒤로 숨기는 법이다.

둘이 택시 안에 있을 때 그녀에게서 전화가 온 적이 있었다. 남자의 얼굴이 점점 일그러졌다. 그녀가 누구랑 어디에 있느냐고 꼬치꼬치 묻는 모양이었다. 남자는 사이사이 내 표정을 살폈다. 그때마다 나는 창밖으로 시선을 던졌다. 그사이 남자에게 보일 적당한 얼굴을 찾지 못했다. 남자는 대충 어디쯤이라고 둘러댔다. 그녀는 당장 만나자고 했다. 전화기 밖으로 흘러나오는 목소리는 거의 경고에 가까웠다. 남자가 혼자 있다고 하는데도 그녀는 완강해 보였다. 남자는 어두워진 입술 사이로 단호한 목소리를 냈다.

"그렇게 날 믿지 않을 거라면……."

숨을 몰아쉰 남자가 다시 말을 이었다.

"이제부턴 당신에게 거짓말만 하겠어. 그걸 원해?"

한동안 아무 대화도 오가지 않았다. 남자는 마침표를 찍는 것처럼 말했다.

"난 당신을 믿는데…… 왜 당신은 날 못 믿어?"

믿음을 깨뜨린다고 알려진 거짓말은 믿음을 바탕으로 통한다. 그녀는 별다른 대꾸도 없이 전화를 끊었다. 남자는 한숨 뒤에 혼잣말을 파묻었다.

"정말 딱딱한 여자군. 내가 끼어들 틈이 없어."

다음 날 아침까지 그녀는 연락이 없었다.

그녀와 달리 나는 남자가 하는 말이라면 무슨 말이든 다 믿어 줄 수 있었다. 그런 면에서 우리 둘은 호환이 잘 이뤄진 셈이다. 그렇게 생각하고 나니 쉽게 답을 구할 수 있을 것 같았다. 그래서 1급이 되는 날도 그리 멀지 않을 줄 알았다. 그게 틀렸다는 건 얼마 지나지 않아 깨달았다.

남자가 그녀와 함께 있는 모습을 목격한 적이 있었다. 모르는 척해 주고 싶어도 이미 적나라하게 마주쳐 버렸다. 남자가 내게 무슨 말을 했지만 기억은 흐릿했다. 다만 흠뻑 젖어서 축 늘어진 거짓말이라는 것만 오롯이 남았다.

그날 밤 나는 우물거리기만 할 뿐 말을 뱉지 못했다. 남자가 다가와 먼저 입을 열었다. 내가 고개를 돌리자 그녀가 어떤 사람인지 하나하나 말해 줬다. 나는 내가 알고 있는 그녀와 나란히 세워 봤다. 몇 가지는 맞아떨어졌지만 전혀 엉뚱한 것도 있었다. 나중엔 서로 다른 사람을 떠올리고 있는 건 아닌가 하는 생각마저 들었다. 어떤 걸 믿어야 할지 고민하는 사이 남자가 내 쪽으로 몸을 틀었다.

"그 여자와 있을 때는 연기하는 것뿐입니다. 모르겠습니까?"

어느새 남자가 등 뒤로 바짝 달라붙었다. 남자의 손은 내 옆구리에서 맴돌고 있었다.

"당신을 만질 때와는 확연히 다르잖습니까?"

"그래요. 나도…… 알아요."

어쨌든 적어도 나에게 변명할 만한 가치는 느끼고 있는 것이었다. 저울질하고 있다는 건 나도 그녀와 비슷한 가치를 지녔다는 뜻이었다. 어쩌면 그녀도 남자의 말을 들으며 같은 생각을 했을지도 모르겠다.

남자의 손이 점점 아래로 향했다. 나는 몸을 비틀면서 길을 터 줬다. 조금씩 절정을 향해 나아가던 순간 그녀가 내게 했던 말이 떠올랐다. 그때 남자의 손이 멈췄다. 어디쯤 머물러 있는지 가늠할 수 없었다. 턱을 조금 세우자 남자의 얼굴이 성큼 다가왔다. 어두운데도 눈빛이나 콧대는 제법 또렷하게 보였다.

"그런데 어떻게 압니까?"

"뭘요?"

"내가 그 여자를 만질 때랑 지금이랑 다르다는 걸."

"그냥…… 느낌이랄까……."

홀로그램 안에는 이럴 때 쓸 수 있는 거짓말도 숨어 있을까.

결국 소년은 평소 자기 얼굴로 돌아왔다. 이제 내가 할 말을 기다리고 있는 눈치다. 엇비슷한 상황이 반복되면 특정 상황에서 그 사람에게 먹히는 말을 분간할 수 있게 된다. 2급만 되어도 상황별 개인별로 맞춤형 거짓말을 준비해 둔다. 그대로 써먹을 순 없어도 타이밍을 놓치지 않고 빠르게 치는 데에는 유리하다. 아무리 정교한 거짓말도 타이밍이 맞지 않으면 소용없다.

소년이 기대하는 대답을 알 것 같다. 무슨 일인지는 몰라도 사과한다면 소년은 단번에 이해해 줄 것이다. 여기서 괜한 치기를 부리거나 감정을 앞세웠다간 상황을 더 우스운 쪽으로 몰아갈 수도 있다. 남자와 소년과의 관계는 팽팽하게 공존해야 한다. 둘 중 누구에게도 정확한 답을 구하지 못했다. 지금은 헤어질 때가 아니다. 게다가 거짓말은 넉넉하게 남아 있다. 그러니 조급해하지 않아도 된다. 일단 얼굴 근육을 느슨하게 풀어야겠다. 긴장이 덕지덕지 붙은 표정이라면 어떤 말도 통하지 않을 것이다. 조금만 더 안쓰럽게, 그 안에 연민도 조금 섞되 너무 비굴하지는 않게 말해야 한다.

소년은 한숨을 내쉰다. 한숨 끝에 여린 웃음이 매달려 있다. 누군가 소년을 흉내 내려다 망친 것 같은 웃음이다.

"누나, 여기서 멈춰요."

핏기 없는 목소리다.

한 번쯤 그런 생각이 들기도 했다. 알면서도 모르는 척하고 있는 건 아닐까. 소년이 의심할 만한 상황은 얼마든지 있었다. 내 지갑에서 남자와 찍은 사진을 본 적도 있었다. 그땐 적당히 사촌 오빠라고 둘러댔다. 비교적 망설임 없이 나온 대답이었다. 소년은 별로 신경 쓰지 않는 눈치였다. 그래도 혹시 몰라 혼자 자라서 어릴 때부터 각별한 오빠라고 덧붙였다. 지나친 수식이 문제가 될 수 있다는 생각은 미처 하지 못했다. 그때 소년이 물었다. 마치 몇 시냐고 묻는 것 같은 말투였다.

"외동딸이었어요?"

언니나 동생에 대해 말한 적이 있었는지 떠올려 봤지만 도통 기억나지 않았다. 혼자 자랐다고 했으니, 언니가 있다고 했더라도 따로 자랐다고 해 버리면 될 일이었다. 하지만 아예 말을 꺼낸 적이 없었을지도 몰라 허둥대기만 했다.

욕실에서 두 개의 칫솔을 봤을 때도 의심하지 않았을까. 그땐 평소와 다르지 않은 목소리로 친구가 두고 간 거라고만 했다. 군살이 많은 거짓말은 금세 눈에 띄었다. 거짓말은 날렵해야 했다. 그때가 아니더라도 그동안 뭔가 눈치채지 않았을까. 그러면서도 아무것도 모르는 사람처럼 능청 떨며 나를 만나 온 건가. 근데 대체 뭘 멈추라는 걸까. 그렇게까지 생각이 이어지니 소년에게 이유를 묻기가 망설여진다.

먼저 소년을 달랠 방법을 찾아봐야겠다. 어디서 눈치챘는지 알아야 한다. 그래야 사과를 하든 그 부분을 새롭게 꾸며 내든 할 수 있다. 이런 것도 몰라서 이제껏 2급에 머물러 있는 것만 같다. 이대로 아무 말도 못하고 끝낼 수는 없다.

남자라면 소년과 조금 다른 방식으로 얘기했을 것이다.

남자와 함께 장을 봐 온 날이면 냉장고 문이 묵직했다. 냉장고 문을 열 때마다 팔에 힘이 들어갔다. 신선한 두부와 양파나 호박부터 사과까지. 늘 남는데도 뭐 하나 덜 사는 법이 없었다. 소년은 냉장고 안에서 치즈나 아이스크림을 찾았지만 매번 토마토 하나를 쥐고 돌아섰다. 내가 눈짓하면 소년은 눈을 감고 토마토를 베어 물었다. 그때마다 티슈로 입가를 꾹꾹 눌러 닦아 줬다. 그제야 소년은 슬그머니 눈을 떴다. 소년의 뒤통수에 닿았던 내 손은 어느새 뒷목까지 흘러내렸다.

남자는 손에 잡히는 대로 물건을 샀다. 그녀의 말처럼 가끔 나도 그런 식으로 잡힌 물건 중 하나가 아닐까, 하는 생각이 들었다. 굳이 내가 아니더라도 되는, 순전히 타이밍이 맞아떨어져서 만나는 관계. 취향이 바뀌면 언제든 떠날 수도 있는. 굳이 떠나는 이유를 구구절절 설명할 필요도 없는. 그것이 그녀가 자신을 위로하기 위해 던지는 속임수란 걸 알면서도 가만히 있다간 그대로 믿어 버릴 것 같았다.

그날도 장을 봐 오던 길이었다. 남자는 펀치 머신 앞에 멈췄다. 예전에 소년과 멈춰 선 곳도 그쯤이었다. 소년은 가방을 넘기고 펀치 머신에 동전을 넣었다. 나와 눈이 마주치자 소년은 펀치 머신을 향해 빈약한 주먹을 날렸다. 점수 올라가는 소리는 떠들썩했지만 길게 이어지진 않았다. 점수를 확인한 소년은 가방을 넘겨받았다. 소년의 어깨를 가볍게 움켜쥐었다. 고작 펀치 머신의 점수가 낮은 것뿐인데 소년의 몸은 한껏 늘어져 있었다. 무슨 말을 해 줘야 할지 망설였다. 그땐 그 망설임도 사랑의 일부분이라고 생각했다.

남자는 재킷을 벗어 아무렇게나 던졌다. 한쪽 팔에 웃옷을 걸고 힘껏 주먹을 날리려는 남자를 바라봤다. 뒤로 두 걸음 정도 물러선 남자는 내가 잘 볼 수 있도록 부러 자세를 교정했다. 몇 가지 자세를 잡아 보더니 느닷없이 펀치를 날렸다. 소년의 앙상한 어깨와 가느다란 팔이 겹쳐졌다. 몸이 윤곽을 다 잡아 가기도 전에 점수 올라가는 소리가 울렸다. 최고점이 나왔다. 어두운 골목길 안에 팡파르가 환하게 퍼졌다. 엄지발가락에 힘이 들어갔다. 남자는 짐짓 호기롭게 다가와서 재킷을 낚아챘다. 아주 잠깐, 혹시 이게 진짜 사랑인가 싶었다.

돌아서면서 슬며시 남자의 팔을 잡았다. 계획에 없던 일이었지만 어차피 아무도 없는 골목길이었다. 방으로 가는 동안 남자가 그녀와는 펀치 머신 앞에 서지 않기를 바랐다. 골목 사이사이 남자의 우렁찬 웃음소리가 꽂혔다.

소년의 웃음에는 소리 대신 질감과 색이 있었다. 소년은 별것 아닌 얘기도 은밀하게 속삭이는 편이었다. 처음엔 거창한 비밀처럼 들렸지만 다 듣고 나면 그렇게 부를 만한 부분은 없었다. 속삭임이 잦아들 때쯤 소년은, 자기는 나 없이 못 살 사람이라고 말하는 걸로 매듭을 지었다. 내가 없으면 안 되는 사람이 있다는 것은 무슨 의미일까. 그땐 소년이 먼저 헤어지자고 말하는 일은 없을 거라고 생각했다. 그때부터 오해하고 있었던 게 아닐까.

내가 생각해 온 남자는 힘들 때 어깨를 빌려 주고 등을 쓰다듬어 주는 사람이었다. 남자가 아버지처럼 나를 두고 사라지는 일은 없을 것 같았다. 기꺼이 벽에 못을 박아 주고 밖에서 돌아오면 힘껏 안아 주는 쪽도 남자였다. 돈이 필요하면 얼마간 빌려줄 수도 있을 것이다. 하지만 내 앞에선 우는 모습 따윈 절대 보여 주지 않을 것이다. 하지만 소년은 내게 우는 얼굴을 숨기지 않았다. 어떤 얼굴도 숨길 생각이 없는 것 같았다.

이제껏 남자의 의뭉스러운 표정과 무뚝뚝한 말투가 나를 조여 오는 것 같을 때면 소년을 만났다. 그러다 소년을 하나하나 챙겨 주는 일에 지칠 때쯤이면 다시 남자에게 갔다. 그러다 보면 어느 순간 남자는 나 없이도 잘 살 사람 같았다. 한편으로 소년은 뭘 하고 있는지 궁금해지기도 했다. 둘을 동시에 오가는 시간은 오랫동안 이어졌다. 하나의 사랑을 이어 나가려면 다른 사랑이 필요했다. 어느 것이 이어 나갈 사랑이고 어느 것이 필요한 사랑인지는 매번 달랐다. 다툼은 늘 거기서 돋아났다.

그때마다 남자는 객관적이고 냉철한 시선으로 재단했다.

그러다 보면 문제에 파묻혀 있던 나는 어느새 바깥으로 떨어져 나왔다. 그제야 안 보였던 것들을, 어쩌면 일부러 보지 않았던 것들을 마주할 수 있었다. 문제는 좀 헐거워졌지만 뒷맛은 께름칙했다. 그대로 감싸 안는 쪽은 소년이었다. 소년에게는 뭐든 내가 다 맞고 나머지는 잘못된 것이었다. 잠깐이나마 문제와 멀어진 것 같았지만 언제라도 다시 들러붙을 수 있었다. 지나고 보니 구라를 쳐서 심각했던 문제를 아무것도 아닌 일로 만들어 버리는 아버지와 비슷한 방식이었다.

다툼 끝에 남자가 사과하는 방식은 내 앞에서 스트레칭을 하는 것이었다. 남자는 간단한 스트레칭을 모두 알고 있었다. 종일 택시에 앉아 있다 보니 틈틈이 알아 둔 것이라고 했다. 사과를 받아들인다는 의미로 하나하나 따라하다 보면 남자의 속으로 한 걸음씩 들어서는 기분이었다. 남자가 알려 준 운동법은 고스란히 소년에게 가르쳐 줬다. 내 동작을 엉성하게나마 따라 하는 소년을 보고 있으면 소년이 나를 어떻게 생각하고 있는지 짐작할 수 있었다. 내가 일부러 엉뚱한 동작을 해도 조금도 망설이지 않고 따라 하는 소년을 봤을 땐 짐작이 단단해졌다. 다음 동작이 떠오르지 않을 때마다 나를 바라보는 시선은 몸 어딘가를 뭉근하게 데웠다. 하지만 지금 소년의 시선은 내 몸 어딘가를 잘게 찢는 것 같다.

소년이 자리에서 느릿느릿 일어선다. 잠시 내 쪽으로 시선을 두는가 싶더니 아슬아슬하게 옆을 지나친다. 멈칫하다가 다시 이어 나가고 그러다 또 멈추는 바람에 걸음이 매끄럽지 않다. 나중엔 보란 듯이 손목을 바깥으로 내밀며 휘적휘적 걷고 있다. 내가 손목을 잡아 줄 거라고 믿고 있을 것이다. 너무 바짝 다가서는 바람에 소년과 내 어깨가 부딪힌다. 소년의 손이 깃발처럼 흔들린다. 시선을 틀자 소년은 물속인 것처럼 느적거리며 다시 나아간다. 나는 소년의 손목을 단단히 움켜쥔다. 아직 단 한마디의 거짓말도 치지 못했다.

손목만 잡았을 뿐인데 소년은 아예 걸음을 멈춘다. 시선을 정면으로 향하는 사이 소년은 내 어깨에 손을 얹는다. 곧 소년이 어깨를 지그시 누른다. 이건 무슨 뜻일까. 그라면 알고 있을까. 지금까지 소년에 대해서라면 그보다 많이 알고 있다고 생각해 왔다. 하지만 내가 알고 있는 소년도 결국엔 가짜일지 모른다는 생각이 든다. 생각이 손을 치워야겠다는 쪽으로 바뀔 때쯤 소년은 못 이긴 척 자리로 돌아가 앉는다. 앉자마자 미리 준비한 것처럼 묻는다. 칼로리를 묻던 내 목소리가 이랬을 것 같다.

"왜요? 할 말 있어요?"

하고 싶은 말이 있는 건 오히려 소년일 것이다. 어떤 말부터 꺼낼지 가늠해 본다. 순서에 따라서 거짓말은 진짜 거짓말처럼 들리기도 한다. 소년은 내 얼굴을 힐끔거리다가 말을 잇는다.

"나도 다 알아요. 제가 언제까지 모를 줄 알았어요?"

거짓말이라면 금방 들킬 만큼 평소와 사뭇 다른 목소리다. 나는 홧홧해진 얼굴을 감추려 고개를 약간 숙인다. 이어서 나오는 목소리는 한쪽 귀퉁이가 서걱거린다.

"그게 무슨 소리야?"

"누나한테 정말 실망했어요."

숫제 툴툴거리는 말투다. 일단 거짓말 칠 시간은 벌어 놓은 것 같다. 뭘 다 안다는 걸까. 시선을 옮긴다. 얼굴이 한쪽으로 쏠린 것 같다. 내 표정을 소년은 어떻게 볼까. 들켰다는 신호로 보지 않을까. 아니면 억울한 일에 처했다거나 도리어 실망한 건 내 쪽이라는 뜻으로도. 소년이 탁자 아래에서 떨리고 있는 내 손을 봤을지도 모르겠다. 더 깊이 고개를 숙인다. 눈이 마주치는 건 거짓말을 치기 어려운 조건이다. 하지만 이제껏 소년의 눈을 똑바로 마주 보고도 어떤 거짓말이든 칠 수 있었다. 사랑한다고 말한 적도 많았다. 매번 불완전하고 떨림이 짙은 음성이었다. 그때마다 슬쩍 소년의 눈치를 살폈다. 대화가 헐거워진 틈을 타서 던진 말이라 다행히 받아들여진 것 같았다. 망설이지 않고 수줍은 고백이라고 생각했을 것이다.

그렇게 믿고 싶다면 얼마든지.

하지만 이번만큼은 자신이 없다. 소년이 단번에 알아낼 것만 같다. 머릿속에는 지금까지 만난 남자들에게 쳤던 거짓말이 잔뜩 뒤엉켜 있다. 어느 것도 건져 올릴 만한 게 없다. 그도 이런 상황까지는 예상하지 못했을 것이다. 계속 시선을 피하고 있을 순 없다. 일단 천천히 고개를 든다. 소년은 모든 걸 다 아는 얼굴로 앞에 앉아 있다. 진실도 거짓말처럼 들리는 순간이다. 차라리 아버지처럼 어딘가로 사라져 버렸으면 좋겠다.

PART 2

"거짓말이 나쁜 게 아냐. 어설픈 거짓말이 나쁜 거지."

아버지가 다시 사라졌을 때 엄마는 뒤로 조금 물러나며 말했다. 목소리는 뒤에 가서 거의 으깨졌다. 나는 엄마가 물러난 것보다 더 바짝 다가가 배에 힘을 주고 물었다.

"아버진 또 어딜 간 거야?"

간밤에 아버지가 일러 준 말은 조금도 믿음직스럽지 않았다. 아버지의 거짓말은 시시껄렁해진 지 오래였다. 촘촘했던 거짓말은 만날 때마다 확연히 물렁해져 있었다. 엄마는 아버지가 구라를 품고 있기 때문이라고 했다.

거짓말은 크게 공격과 방어로 나눌 수 있다. 그중 방어부터 배우는 게 유리하다. 들켰을 때 안전하게 넘어가는 법부터 배워야 하는 것이다. 구라는 구질구질한 이야기를 담고 있는 방어 방식이다. 그래서 아무리 잘 풀어내도 이미 단단하게 굳은 사람에게는 좀처럼 통하지 않는다. 더 뜨끈하게 데우거나 다른 방식을 섞어야 그나마 좀 스며들 수 있다. 능청과는 좀 다른 구석이 있다. 구라가 의뭉스럽게 감춰 구린내를 풍긴다면 능청은 야들야들하게 다가와 속내를 다 드러낼 것처럼 군다. 그러다 방심하는 순간 잽싸게 속이고 흐지부지 넘어간다.

방어를 하려면 먼저 어떤 공격인지부터 알아야 한다. 그 시절 아버지는 무엇으로부터 방어하려고 구라를 늘어놓았을까. 불리한 상황에 몰렸을 때 거기서 벗어날 수 있는 방법은 솔직하게 털어놓는 게 아니라고 생각했을 것이다. 구라가 최소한 진실을 마주하는 것보단 나을 거란 생각이 들었을지도 몰랐다.

엄마는 내 쪽으로 돌아앉았다. 그사이 그림자의 위치가 바뀌었다. 어느새 한쪽 벽이 그림자로 가득 찼다. 조금만 움직여도 벽 전체가 일렁이는 것 같았다. 그림자의 귀퉁이가 들쑥날쑥해지면서 엄마의 목소리가 진득하게 흘러나왔다.

"어디로 갔는지 진짜 알고 싶냐? 정말 말해 줘?"

눈이 마주치자 목소리는 한층 농밀해졌다.

"후회 안 할 자신 있지?"

질문은 차례차례 내 몸을 꿰뚫고 지나갔다.

아버지가 구라였다면 엄마는 공갈이었다. 공갈은 공격 방식이다. 공격하는 사람이 나에 대해 모를수록 방어에는 유리하다. 내게 어떤 기대도 편견도 짐작도 없기 때문이다. 그 시절 아버지가 옆에 있었다면 나는 아버지에게 제일 먼저 공갈을 쳤을 것이다. 그건 아버지도 마찬가지일 것 같다.

엄마의 공갈에는 네가 알면 어쩔 거냐는 식의 위협과 협박이 적당히 섞여 있었다. 속이 텅 비어 있더라도 일단 윽박지르고 보는 것이었다. 성난 얼굴로 으름장을 놓다 보면 상대는 몸을 사리기 마련이었다. 나라고 다르지 않았다. 그때까지 나는 진실만을 원한다고 생각했다. 하지만 질문이 지나간 자리를 가만히 들여다보니 원하는 건 따로 있었다.

내가 믿고 있는 게 진짜라는 것.

간밤에 아버지가 했던 말이 구라여서 믿지 못한 게 아니었다. 믿고 싶지 않아서 가짜라고 단정 지었다. 진짜가 될 것처럼 발버둥을 치면 힘껏 깔아뭉갰다. 어쩌면 엄마도 그랬을지 몰랐다. 엄마는 아버지가 좀 더 근사한 구라를 쳐 주길 바랐던 게 아닐까. 이미 단단하게 굳은 마음도 허물어뜨릴 수 있을 만큼 뜨끈하게.

진실을 알아서 좋을 건 없었다. 불신은 몸을 피곤하게 만들 뿐이었다. 한 번 싹튼 의심은 울창하게 자라나 시들 줄 몰랐다. 온몸을 꽁꽁 옭아맬 때까지도 성장은 멈추지 않았다.

진실을 기대했지만 몰랐더라면 좋았을 때도 있었다. 그래서 때론 아닌 줄 알면서도 믿었다. 애써 믿는 척하기도 했다. 그게 훨씬 낫다는 걸 알기 때문이었다. 그러니 차라리 최선을 다해 속는 편이 현명할 수도 있었다. 사막에서 살아남으려면 곧 오아시스가 나올 거란 거짓말을 믿어야 했다.

나는 힘껏 머리를 뒤흔들었다. 엄마는 말을 잇지 않았다. 그날 밤 나는 적어도 아버지보단 거짓말을 잘 치리라 다짐했다.

나는 가만히 있으면 괜히 도드라져 욕을 얻어먹기 일쑤였다. 어른 앞에서 눈을 치켜뜨고 있다고 혼나는 일도 잦았다. 어린애가 벌써부터 앙큼해 보인다고 수군거리는 사람도 있었다. 조용히 입 다물고 있으면 아무도 거들떠보지 않을 거라 생각했다. 그래서 적어도 미움은 받지 않을 줄 알았다. 왜 그러느냐고 이유를 캐물어 봐야 소용없었다. 괜히 어른이 하는 말에 대든다고 꾸지람만 들었다.

집까지 몰려오는 사람들을 피해 도망치듯 이사를 하고 나서야 무언가 다른 방식이 필요하다는 걸 깨달았다. 엄마는 새벽에 조용히 이사하는 것에 대해 조금도 설명해 주지 않았다. 표정은 누군가 짓밟고 지나간 것처럼 피로해 보였다. 나에게 거짓말도 칠 수 없을 만큼.

전학 간 첫날 나를 둘러싼 아이들은 끈질기게 물었다. 어디에서 왔는지, 전에 다니던 학교에서 어떤 아이였는지, 몇 등이나 했는지. 하나하나 솔직하게 말해 주자 반나절도 되지 않아 모두 떨어져 나갔다. 그 애를 꺾을 만한 게 별로 없어 보였을 것이다. 차라리 소문이 돌던 대로 내버려 뒀어야 했다. 그러면 최소한 요양하러 내려온 부잣집 외동딸 정도는 될 수 있었다.

그 애는 반장이었다. 매년 따로 반장 선거를 할 필요도 없이 그 애가 계속 맡는 눈치였다. 선생님도 반장 할 만한 사람을 따로 추천받지 않았다. 다들 별 불만은 없어 보였다.

"제가 또 이렇게 반장을 하게 되어 쑥스럽네요."

목소리는 어딘지 모르게 태어날 때부터 반장을 맡아 놓은 것처럼 간드러졌다.

가만히 앉아 있기만 해도 선생님은 그 애를 줄기차게 칭찬했다. 칭찬은 겹친 적이 없었다. 선생님의 서랍 어딘가에 1년 치 칭찬을 일목요연하게 정리한 목록이 있을 것도 같았다. 그렇지 않고서야 수업 시간에 멍하니 창밖을 보고 있는 그 애에게 감수성이 예민하다며 치켜세울 순 없었다. 칭찬은 허무맹랑한 적이 없었다. 매번 나름대로 그럴듯한 구색을 갖추고 있었다. 처음에는 아니꼬웠지만 결국 나도 그 애에게 손뼉을 쳐 주었다. 한 학기 내내 선생님이 한 아름씩 쏟아 내는 칭찬을 듣다 보면 그 애가 정말 대단한 아이처럼 여겨졌다.

그 애는 한 번도 칭찬을 당연하게 받아들인 적이 없었다. 금방이라도 바람에 흩어질 것 같은 표정으로 칭찬받으려고 한 일은 아니라고 운을 뗐다. 그럴 때마다 손사래를 치는 것도 잊지 않았다. 뒤에 가선 얼굴을 활짝 붉혔다. 거기에 안 넘어갈 사람은 없었다.

언젠가 교실에서 화분을 넘어뜨렸을 때 그 애는 선생님께 솔직하게 말했다. 숨길 것도 부풀릴 것도 없다는 듯 맑은 목소리였다. 얼굴에는 엷은 두려움을 미농지처럼 얹고 있었다. 선생님은 그 애를 두고 잘못을 고백할 줄 아는, 용기 있는 어린이라고 했다. 내가 유리창을 깨고 털어놨을 때와는 달랐다.

"뚫린 입이라고 말은 잘한다. 지금 그걸 자랑이라고 하는 거니?"

선생님은 방금 "괜찮으니까 솔직하게 말해 봐."라고 한 것과 다른 목소리로 말했다. 나는 최대한 그 애와 비슷한 표정을 지으려고 안간힘을 썼다. 돌아서던 선생님은 내 얼굴을 힐끔거리더니 멈춰 섰다. 어쩌면 나도 용기 있는 어린이가 될지도 몰랐다.

"너 지금 억울하다는 거니?"

그때 뒤에 서 있던 그 애의 얼굴이 보였다. 한쪽 얼굴은 빙긋 웃고 있는데 다른 쪽은 찌푸리고 있었다. 눈이 마주치자 혀를 길게 내밀었다. 내가 미간을 찌푸리자 선생님은 "애가 정말!"이라고 했다. 그 애는 소리 없이 웃었다. 선생님이 돌아서자 그 애의 얼굴은 연민으로 뒤덮였다. 좀 전까지 머물던 표정이 거짓말 같았다. 그때 뭔가 잘못 됐다는 걸 깨달았다. 적어도 미움을 받지 않기 위해서라도 다른 방식을 선택해야 했다. 가만히 있으면 아무도 좋아해 주지 않는 아이가 선택할 수 있는 건 한 가지뿐이었다.

거짓말을 치는 것.

거짓말 가이드북에서는 보통 이쯤에서 첫 거짓말을 계획한다고 했다. 자신이 사랑받지 못한다고 느끼는 순간.

그제야 아이들이 던졌던 질문에 마땅한 대답이 떠올랐다. 아이들이 정말 알고 싶던 건 따로 있었을지도 몰랐다. 거짓말을 잘 칠 수 있는지 없는지. 거짓말은 나쁜 아이가 치는 것이 아니라 사랑받지 못하는 아이가 친다. 있는 그대로도 사랑받을 수 있다면 굳이 거짓말에 손댈 필요는 없다. 거짓말은 나쁜 거니까 하면 안 된다고 하지만 결국 거짓말을 치게 만드는 건 그렇게 말한 사람들이다. 어쩌면 거짓말은 사랑해 달라고 보내는 생의 첫 번째 신호일지도 모른다.

그때부터 완벽한 거짓말을 연습했다. 너무나도 완벽해서 나마저도 진짠지 아닌지 헷갈릴 정도의 거짓말. 선물을 받으려면 산타가 없다는 것을 뻔히 알면서도 믿는 척해야 했다. 산타를 믿지 않는 아이에게는 결코 크리스마스 선물이 주어지지 않았다. 이익은 오로지 거짓말쟁이들의 것임이 분명해졌다.

일단 속일 사람이 필요했다. 예전에는 거짓말이 성립하려면 최소한 두 명이 필요하다고 생각했다. 속이는 사람과 속는 사람. 얼마 지나지 않아 한 사람만 있어도 가능하다는 것을 알았다. 속이는 사람과 속는 사람이 꼭 다를 필요는 없었다. 그래서 첫 연습 상대는 나로 정했다. 나는 거짓말을 연습하기에 알맞은 상대였다. 일단 들킨다고 해도 혼날 일이 없었다.

집에 가는 길에도 오줌을 싸면서도 버스를 기다리면서도 내게 말을 걸었다. 때론 다그쳤고 보드랍게 달래 보기도 했다. 어느 순간엔 거의 울먹이며 사소한 거짓말부터 톡톡 던졌다. 몸집이 큰 것부터 내뱉으면 금세 들키고 말았다. 가장 안쪽부터 차례차례 몸집을 부풀려야 매끈하게 배어들 수 있었다. 처음에는 잘 통하지 않았다. 서툴러서 그런 건지 아니면 의심이 많아서 그런 건지 헷갈렸다. 그래도 끈질기게 말을 걸었다. 그러다 거짓말을 치기 위해선 속는 연습이 필요하다는 걸 깨달았다. 어떤 거짓말이든 나를 속이는 과정이 먼저였다. 문득 아버지도 이런 과정을 거쳤을까, 하는 생각이 들었다. 그러고 보면 결국 아버지 역시 속은 사람일지도 몰랐다.

의심이 쪼개지고 그사이에 거짓말이 차오르는 순간 나는 내 몸에 꼭 맞춘 거짓말을 찾아냈다. 그때부턴 나를 속이기가 한결 수월했다. 나에게 통하면 일단 반은 성공이었다. 곧바로 주변 사람들을 향해 뻗어 나갔다. 밝혀져도 아무 문제없을 것부터 차근차근. 친구가 지우개를 빌려 달라고 할 때 필통에 있으면서도 없다고 버티는 걸로 첫발을 뗐다. 그러다 들키면? 필통에 있었던 것을 깜빡했다고 하면 그뿐이었다. 나만 믿는다면 누구나 쉽게 속일 수 있었다.

들켰을 때의 상황까지 미리 생각해 두니 훨씬 안정적인 목소리가 나왔다. 누군가 거짓말을 친 거냐고 따진다면 에둘러 말하는 것도 유용한 방법이었다. 꼭 그렇지만은 않다거나 상황에 따라선 거짓말이라고 생각하는 사람도 있을 수 있다거나. 아니면 도리어 진짜면 어쩔 거냐고 되물을 수도 있었다. 한숨을 쉬며 차라리 거짓말이었으면 좋겠다고 말하는 것도 나쁘지 않았다. 빠져나갈 구멍은 많았다. 그러니 들켜도 괜찮았다.

다시 거짓말 치면 되니까.

거짓말 가이드북을 보게 된 건 나중의 일이었다. 계획과 준비 과정까지는 건성으로 훑어보는 것만으로도 충분했다. 학교 다닐 때 이미 다 겪은 과정이었기 때문이다. 그러자 나를 뺀 모든 사람들이 전부 가이드북을 보며 자란 건 아닌가 하는 생각이 들었다.

어느 순간 사람들이 하는 말이 모두 거짓말처럼 느껴졌

다. 그건 이제 제대로 된 거짓말을 칠 준비가 되었다는 신호였다. 아버지를 위장할 차례가 온 건 그쯤이었다.

"쥐뿔도 없는 게 까불기는."

"너 두고 봐. 아버지한테 다 이를 거야."

"네 아버지 뭐 하는데?"

"형사."

보탤 것도 뺄 것도 없다는 듯 단정한 목소리가 튀어나왔다. 그러자 한동안 멀리 떨어졌던 아이들이 무리 지어 나를 둘러쌌다. 내가 지어낸 말은 아니었다. 어딜 갔다가 크리스마스가 돼서야 불쑥 들어오는 거냐고 캐물었을 때 아버지가 겨우 '이거나 먹고 떨어져라' 같은 말투로 던진 말이었다. 내가 아무 대답이 없자 아버지는 뒤에 장황한 설명을 이어 붙였다. 추격전 끝에 사기꾼을 잡았다는 얘기와 한적한 바닷가 마을에서 일어난 살인 사건이 뒤범벅되어 쏟아졌다. 살인범과 사투를 벌이는 대목에서 엄마는 쿡쿡 웃었다.

"그렇게 어설프니까 딱 걸려서 지금 그 꼴이지."

"뭐야?"

"나 꼬실 땐 눈 하나 깜짝 않고 건물이 자기 거라고 박박 우기더니. 이젠 같잖은 구라도 뽀록날까 봐 벌벌 떠는 것 좀 봐."

그래도 아버지의 구라가 한 번쯤은 단단했던 엄마를 허물어뜨린 모양이었다.

"당신은 뭐 다른 줄 알아? 애 가졌으니까 당장 같이 살자고 달려들 땐 내가 정말 깜빡 속아 넘어갔지."

통하기는 협박을 품은 엄마의 공갈도 마찬가지였다.

"그땐 진짜 임신인 줄 알았다니까."

"나도 그깟 건물 하나쯤은 가질 수 있을 줄 알았어!"

구라와 공갈이 돌아선 자리엔 형사라는 단어만 크리스마스 선물처럼 떨어져 있었다.

거짓말을 더 잘 치려면 나를 하나씩 뜯어내 다시 조립하는 과정이 필요했다. 그 과정이 지나자 어느 순간 내 목소리와 몸짓과 표정엔 뭐라 딱 잘라 규정할 수 없는 무늬가 새겨졌다. 무늬는 이거다 싶은 순간마다 바뀌었다.

거짓말은 하루가 다르게 몸집을 부풀렸다. 안쪽은 빽빽해서 의심이 파고들 자리가 없었다. 내 취향이나 식성쯤은 간단하게 뒤집었다. 태어난 동네를 속였는데 친구가 그 동네에 산다면, 태어나긴 했지만 바로 다른 동네로 이사 갔다고 둘러댈 수 있었다. 그러다 보면 곧 진짜 내가 태어난 동네가 어디였는지 헷갈렸다. 내가 믿는 대로 진실이 되고 의심하는 대로 거짓말이 되었다. 그러자 내가 여러 사람인 것처럼 느껴졌다.

그다음부턴 학교에 늦어도 약속을 못 지켜도 주눅 들지 않았다. 준비물을 빼먹고 온 날에는 길에서 불량배들을 만나는 바람에 다 내팽개치고 줄행랑쳐야 했던 아이로 돌변했다.

그럴 땐 아버지가 써먹던 구라의 방식이 유용했다. 또랑또랑한 목소리로 구라를 풀어내다 보면 정말 불량배를 만났던 것처럼 다리가 후들거렸다. 그래도 의심이 잦아들지 않으면 공감을 꺼내 밀어붙였다. 어느새 거짓말은 내가 가진 가장 강력한 무기가 되었다.

연습을 이어 가다 보니 거짓말과 진실을 구분할 수 있게 되었다. 나중엔 진실처럼 얘기하는 거짓말과 거짓말처럼 얘기하는 진실도 알아챘다. 좀 더 숙달되니 뒤에 숨은 목적까지 보였다. 하지만 눈치채고 있다는 걸 들키지 않도록 조심해야 했다. 들키는 순간 아무도 나에게 거짓말을 치지 않을 것이었다. 누구든 통할 상대에게만 거짓말을 쳤다. 통하지 않을 걸 알면서도 내뱉는 사람은 없었다. 그러니 의심이 번지더라도 무조건 믿어야 했다. 거짓말을 알아챌 수 있었던 것은 의심했기 때문이 아니라 믿었기 때문이었다. 거짓말은 믿어 주는 사람을 향해 더 또렷하게 모습을 드러냈다. 그러다 보면 어느 순간부터 상대는 허술해졌다. 그래도 계속 속아 주고 믿어 주면 점점 더 엉성해졌다. 무슨 말이든 다 믿어 주겠다고 다짐을 해도 도저히 받아들일 수 없을 만큼 녹슨 거짓말이 다가오는 순간, 나를 향해 삐거덕거리는 거짓말을 마구 쏟아내는 순간까지 믿어야 했다. 상대는 이미 나를 얕잡아보고 있을 것이었다. 그래도 아는 체하지 않고 감싸 안으며 부드럽게 속아야 했다. 그래야 내 거짓말도 통할 테니까.

거짓말을 잘 치는 사람은 절대 속지 않는 사람이 아니다. 알아채더라도 잘 속아 주는 사람이 거짓말도 잘 친다. 속지 않겠다는 생각은 처음부터 버려야 한다. 그런 생각으로는 아무도 속일 수 없다.

상습적으로 거짓말을 친다는 걸 눈치챈 사람들에겐 별거 아니라는 듯이 진실을 툭 던져 줬다. 좀 더 정확하게 얘기하자면 사람들이 믿고 싶어 하는 진실을 던져 줬다. 몇 번 이어지다 보면 내 말은 다시 진실 쪽으로 기울었다. 그때 다시 속이면 됐다. 이런 과정이 반복되자 사람들은 내 말이 진짠지 가짠지 헷갈려했다. 어느새 나도 그랬다.

그쯤 내 의심이 점점 두꺼워져 후퇴하는 심정으로 아버지가 던졌을 진실을 생각해 봤다. 다시 구라를 풀기 위해 던지는 허약한 진실. 방 한쪽 구석에 들어앉아 있던 오디오가 떠오른다. 오디오는 거의 몇 달 만에 집에 온 아버지가 들여놓은 것이었다.

그날은 내 생일이었다. 나는 아침부터 오디오 주변을 서성였다. 시커먼 몸체는 기름을 바른 듯이 윤이 났다. 어찌나 큰지 서랍장 위에 다 올라앉지도 못하고 한쪽은 허공에 떠 있었다. 금방이라도 앞으로 꼬꾸라질 것 같아 올려다보면 오디오는 매서운 눈초리로 날 내려다보고 있었다. 버튼은 어찌

나 많은지 어떤 걸 눌러 봐야 할지 알 수 없었다. 제일 큰 버튼에 손을 가져가면 양쪽에 선 스피커에서 사이렌이라도 울릴 것 같았다. 오디오는 구라나 공갈이 아니라 생생한 실체였다.

어느새 뒤에 선 아버지는 목소리를 가다듬었다. 구라를 뱉어 낼 조짐이었다.

"선물 맘에 드니?"

나는 대답을 찾지 못하고 머뭇거렸다.

"엄청 비싼 거야."

마치 스피커에서 나온 소리처럼 늠름하게 들렸다. 잠자코 있자 아버지는 다시 목소리를 냈다. 아까보다 더 가까운 곳에서 들렸다.

"물 건너온 거야."

천천히 고개를 들었다. 아버지의 얼굴은 오디오보다 더 낯설어 보였다. 몇 년을 훌쩍 내다버리고 온 사람 같았다.

"곁방엔 더 좋은 게 잔뜩 있다. 전부 외제지. 오디오는 둘 데가 없어서 내놓은 거란다."

나는 심상한 눈길로 곁방을 바라봤다. 이사 오고 나서 한동안은 곁방이 있는 줄도 몰랐다. 곁방으로 들어가는 문은 장롱 끄트머리에 있었다. 그 앞엔 가느다란 스탠드 옷걸이가 버티고 있었다. 장롱에 가려 종일 햇빛이 닿지 않는 자리였다.

얼핏 보면 그림자가 웅크리고 있는 것 같기도 했다. 그래서 문이 무슨 색인지도 알 수 없었다. 문에는 제대로 된 손잡이조차 없었다. 손잡이가 있어야 할 자리엔 굵은 나일론 끈이 매달려 있을 뿐이었다. 끈은 문에 돋아난 새싹 같기도 했고 누군가의 손짓이나 더듬이 같기도 했다. 끈 위로 언제부턴가 채워져 있던 자물쇠가 눈에 들어왔다. 자물쇠가 없었다면 곁방은 끝내 그림자의 일부처럼 보였을 것이다.

"남들이 알면 탐낼 만한 것뿐이지. 그러니까 늘 잠가 놓는 거야. 이사 갈 땐 다 꺼내 갈 테니 염려 마라."

나는 대뜸 요즘엔 무슨 일을 하느냐고 캐물었다. 형사보다 더 근사한 걸 말해 줄 것 같던 아버지는 내내 얼버무리기만 했다. 생일 선물로 오디오가 아니라 아버지의 멋진 구라를 받고 싶었는지도 몰랐다. 곁방에라도 있을까 싶어 그쪽으로 몸을 틀었다. 아버지는 내 손을 잡고 밖으로 나섰다.

생일마다 길거리엔 태극기가 가득했다. 저기에 원래 국기 게양대가 있었나 싶은 곳에도, 어떻게 저기에 달 생각을 했을까 싶은 곳까지 빼곡했다. 그해에도 변함없었다.

"봐라, 네가 얼마나 귀하면 생일이라고 나라에서 태극기를 다 걸겠니? 그러니 아버지가 집에 없다고 남들 앞에서 기죽을 거 없다."

한쪽 귀퉁이가 좀 표독스러운 목소리였다. 나는 고개를 빳

빳이 들고 허리를 곧게 폈다. 내 생일은 광복절이다. 그러니 길거리에 걸린 태극기는 내 생일을 축하하기 위해 걸린 게 아니었다. 지나고 보면 참 볼품없는 구라였다. 하지만 구라라는 걸 깨달았을 때에도 나는 아는 척하지 않았다. 아버지의 구라에서 빠져나오고 싶지 않았다.

아버지는 다음 날 다시 집을 나갔다.

밥상을 들고 들어오는 엄마의 손엔 못 보던 반지가 끼워져 있었다. 아버지가 주고 간 것 같았다. 내가 반지에서 시선을 거두지 않자 엄마는 입을 오물거렸다. 입에선 불쑥 찾아와 돈을 던져 놓고 다시 사라지는 아버지에 대한 얘기가 숨처럼 흘러나왔다. 아버지는 사막에 가 있기도 했고 때로는 공장장이 되어 며칠 동안 야근 중이기도 했다. 그러다 갑자기 전국을 떠도는 사업가로 둔갑했다. 엄마의 공갈이 날카롭기만 한 게 아니라 구라를 품기도 한다는 걸 그때 처음 알았다. 나는 그중에서 맘에 드는 걸 골라 기억해 뒀다. 맘에 드는 게 없을 땐 그나마 제일 괜찮은 걸 골라 닦아 내고 새로 색을 입혀서 간직했다.

어쨌든 조만간 성공한 아버지가 나타나 큰 집으로 옮길 것이라는 게 늘 똑같은 결론이었다. 석연찮았지만 나는 기꺼이 그 말에 기우뚱했다. 거짓말은 진실을 견디는 힘을 주었지만 진실은 거짓말을 견디는 힘을 주지 않았다.

아버지가 집을 비운 사이 나는 반장이 되었다. 가만히 앉아만 있어도 미움을 받던 처지에서도 성큼 벗어났다. 내 거짓말은 처음부터 가이드북을 보고 따라했던 사람들과 달리 견실했다. 이제 불쑥 아버지가 나타난다면 반갑게 얼싸안을 수도 있었다. 컨디션만 나쁘지 않다면 보고 싶었다는 말도 어렵지 않게 할 수 있을 것 같았다. 하지만 다음 해 생일이 지나도록 아버지는 나타나지 않았다.

아버지가 돌아오지 않자 엄마는 돈을 꾸러 다녔다. 그때마다 곧 큰돈이 들어올 데가 있다는 말을 슬그머니 흘렸다. 처음에는 믿지 않던 사람들도 말을 부풀릴수록 조금씩 빠져들었다. 넘어올 듯 넘어오지 않는 사람에게는 방 안에 들어앉은 오디오를 들먹였다. 구라는 싹 걷어 내고 잘 간 칼날만 내밀었다.

"애 아버지가 이번에 외국에서 들여왔지 뭐야."

엄마는 틈틈이 표정을 살폈다. 방 안을 슬쩍 둘러보던 사람과 눈이 마주치면 짐짓 돌아섰다.

"외제 좋은 건 알지? 지금이야 자리만 차지해도 일단 갖고 있는 거지, 뭐. 곁방에도 외제가 잔뜩 있는데 곧 큰 집으로 갈 테니 당장 풀어놓기도 뭐해. 그때 가면 아마 자네가 내 도움이 필요할걸?"

"아……."

엄마는 희미해지는 말꼬리를 낚아챘다.

"사람은 누구나 어려운 때가 있는 법이지."

아버지가 생일 선물이랍시고 사 온 큼직한 오디오를 밖으로 내놓은 이유를 알 것 같았다. 그래도 안 통하면 엄마는 마지막으로 손을 앞으로 쭉 내밀었다.

"정 안 되면 이 반지라도 팔아서 갚을 테니 걱정하지 말라니까!"

엄마는 궁지에 몰리면 휘황찬란한 공갈을 쉴 새 없이 쏘아 댔다. 이제 진짠지 아닌지 따져 볼 틈조차 주지 않고 현혹시키는 것이었다. 서울에서 큰 식당을 서너 개쯤 갖고 있는 오빠도 만들어 냈고 물려받을 재산도 많은 척했다. 사람들은 아찔한 공연을 보고 내는 입장료처럼 호들갑스럽게 돈을 쥐여 줬다. 그때마다 엄마는 빌려준 돈을 이자 한 푼 없이 원금만 받는 사람처럼 당당했다.

가정환경조사서를 낼 때 엄마는 중산층에 동그라미를 쳤다. 내가 미심쩍은 표정을 지으면 곁방을 가리켰다. 그사이 엄마는 자가용도 보유하고 있다고 썼다.

"네 아버지 차 있어."

나는 곁방 쪽을 힐끔거리곤 이내 뱅긋 웃었다. 얼굴마저 가물가물해진 아버지의 직업은 사업가를 지나 이제 백화점 사장이었다.

나는 하루에도 몇 번씩 엄마의 거짓말을 받아먹었다. 내 몸에 거짓말이 쌓이는 동안 1년 새 한 뼘씩 자라 있었다. 하지만 다 속여도 엄마만큼은 속일 수 없었다. 아무리 꽂아 넣으려 버둥거려 봐도 엄마는 꿈쩍도 하지 않았다. 이를 악물고 던져 봐도 엄마에겐 앞뒤가 딱딱 맞아떨어지지 않는 거짓말처럼 들릴 뿐이었다. 내 손에선 분명 제대로 익은 것이었지만 엄마 귀에 닿는 순간 설익고 풋내 나는 과실로 변했다. 엄마는 내 술수를 빤히 내다보고 있었다. 언젠가 내게 깊숙이 찔러 넣던 말을 곱씹어 봐도 알 수 있었다.

"치려면 제대로 쳐. 어설프게 칠 거면 차라리 솔직하게 털어놓는 게 나아."

거짓말이 들통나는 순간은 상대방이 알아챘을 때가 아니라 내가 믿지 못할 때였다. 내가 믿는다면 거짓말은 안전했다. 그래서 나는 끝까지 시치미를 뗐다. 시치미는 매의 이름표이다. 이름표가 없으면 누구의 매인지 알 수 없다. 그래서 시치미를 떼면 뭐가 뭔지 알 수 없어 결국 속게 된다. 거짓말에 슬그머니 진실의 이름표를 붙여 결국 나까지 속이는 건 어린 나의 방식이었다. 그건 시치미를 제대로 떼지 않으면 금방 들통나는 방식이기도 했다.

엄마 말이 맞았다. 완벽하지 않다면 차라리 진실한 게 나았다. 거짓말은 사랑도 받을 수 있게 만들어 주고 어떤 위기도 모면할 수 있게 해 주지만 그건 거짓말이 통했을 때뿐이었다. 들키면 상황은 전보다 훨씬 나쁘게 돌아갔다. 어린 나도 모르는 건 아니었다. 그런데도 내 입에서 왜 여물지 않은 거짓말이 튀어나왔는지 엄만 알고 있었을까. 아버지가 그랬듯 엄마마저 날 두고 떠날까 봐 밤마다 오들오들 떨었다는 걸. 그래서 엄마마저 지어 내야 할까 봐 무서웠다는 걸. 그 무서움만은 아무리 애를 써도 순간순간 생생한 진짜였다는 걸.

"손에 물 한 방울 안 묻히게 해 준다는 것도 순 뻥이었어."
언젠가 엄마는 떠밀리듯 말했다. 또 아버지 얘기인 것 같았다.
"처음부터 안 믿었지."
"그럼 왜 아버질 만났어?"
"저렇게 뻔뻔스레 속일 만큼 날 좋아하나 싶어서."
이어서 엄마는 아버지에 대해 더 얘기했다. 그럴 때면 공감도 부쩍 무뎌지고 뒤섞던 구라도 평소보다 엉성해졌다. 외국에서 사업 중인 아버지와 빌딩을 짓고 있는 아버지가 뒤섞여 나왔다. 어느 부분에서는 한껏 부풀렸다가 다시 줄였다. 그러다 이내 고치는 부분도 많아 어느 게 진짜인지 알 수 없었다. 내 귀에 닿는 것은 반쯤 허물어진 감이나 벌레가 잔뜩 갉아먹은 사과뿐이었다. 그래도 엄마는 믿고 있는 눈치였다. 그동안 딸을 완벽하게 속였다고.

"그래서 지금 아버지는 어디서 뭘 하는데?"

내가 물을 때마다 엄마는 돌아앉을 뿐이었다. 시치미까지 뗄 작정인 듯했다. 그때마다 제대로 떼어지지 않아 덜렁거리는 시치미가 보였다. 그러자 어렸을 때 내가 치던 설익은 거짓말을 마주하는 기분이 들었다.

가만히 두면 언젠가는 얘기해 줄 거라고 생각했다. 거짓말이 물크러지고 썩다 보면 결국 지금의 진짜 아버지에게 닿겠지 싶었다. 하지만 이렇게 빨리 닿을 줄은 몰랐다.

여전히 엄마와 나는 서로 거짓말을 치고 속아 줬다. 둘 다 아직은 진실을 견딜 수 없기 때문일지도 몰랐다.

돌이켜 보니 남자가 좀 수상해 보이기 시작한 건 그쯤이었다.

약속 시간이 지나도 남자에게선 연락이 없었다. 미리 와서 기다리고 있던 건 아니었다. 나는 지하철을 타고 가는 중이었다. 그사이 늦을 만한 이유를 골라냈다. 손끝을 민첩하게 움직였지만 걸려드는 게 별로 없었다. 죄다 가느다랗고 무른 것뿐이었다. 잡는 순간 툭툭 부러졌다.

겨우 적당한 이유를 건져 올렸을 때 먼저 목소리를 가다듬었다. 그사이 남자의 번호를 누르다 주저했다 목소리는 거짓말을 둘러싼 껍질이었다. 너무 얇으면 금방 구멍이 뚫렸다. 그렇다고 너무 두꺼우면 안에 든 것이 드러나지 않았다. 보일 듯 말듯 희미한 것이 가장 쓸 만했다. 무엇으로든 오해할 수 있을 만한 목소리. 웬지 그런 목소리를 낼 자신이 없었다. 게다가 전화를 걸면 남자는 내가 지하철 안에 있다는 걸 알아챌 것이었다. 메시지를 보내는 게 나았다.

「어디쯤 왔어요?」

그사이 이 상황에 들어맞는 거짓말을 떠올려 봤다. 예문을 활용하되 그대로 쓰지 않고 조금 비틀기로 했다. 거짓말은 미리 쟁여 뒀다가 필요할 때마다 꺼내 쓸 수 없다. 묵혀 둘수록 곰팡이가 피고 악취가 나기 때문이다. 그때그때 새로운 걸 만들어서 써먹어야 한다. 잘 통한다는 건 갓 구워 신선하다는 얘기와 같다.

곧 남자에게서 전화가 왔다. 받지 않자 메시지가 도착했다.

「벌써 도착했습니까? 미안합니다. 20분 안에 도착할 것 같습니다.」

남자가 오해하도록 내버려 뒀다. 약속 장소까지는 다섯 정거장 남았다. 내가 먼저 도착할 것이었다. 이 정도라면 입문용 거짓말로도 충분했다. 조금 뜸을 들이다가 메시지를 보냈다.

「괜찮아요. 어디 들어가 있을 테니까 천천히 와요.」

정말 20분 안에 나타나리라곤 생각하지 않았다. 평소대로

라면 적어도 40분쯤은 걸릴 것이었다. 거짓말을 미리 알아채고 나면 수면 위에 둥둥 떠다니는 불필요한 감정이 싹 거둬졌다. 거짓말에는 진실에 거는 기대가 빠져 있기 때문이다. 그래서 더 깊어지는 관계도 있다.

내가 남자였다면 곧 도착할 거라고 에둘러 대답했을 것이다. '곧'이라는 말의 범위는 정해져 있지 않아 거짓말이 될 수도 있고 아닐 수도 있다. 20분 안에 오지도 못할 거면서 매번 비슷한 유형의 거짓말을 치는 남자는 어떤 사람일지 생각해봤다. 그때 남자에게 전화가 왔다. 나는 아직 지하철 안이었다. 휴대폰을 주머니에 넣었다. 온몸으로 진동이 퍼졌다. 전화가 끊기자마자 메시지가 왔다.

「어디입니까? 지금 도착했습니다.」

정확히 18분 후였다. 최대한 빨리 지하철역을 벗어났다. 거짓말이 다치지 않을 최적의 장소를 빠르게 물색했다. 사람들로 북적이는 곳이어야 했다. 전화를 받을 수 없는 곳이면 더욱 좋았다. 금세 무난한 곳이 떠올랐다. 이제 막 구워서 따끈따끈한 구라가 남자에게 던져졌다.

「전화했었어요? 서점에 들어와 있었어요. 그래서 전화 못 받았어요. 제가 그쪽으로 갈게요.」

그사이 뛰거나 앞사람을 가로질러 가지 않았다. 그건 약속에 늦은 사람의 행동이었다. 나는 조금도 늦지 않았다. 늦은 건 내가 아니라 남자였다. 걸음은 조금 더 여유를 부렸다. 한 번의 거짓말을 쓰기 위해서는 여러 번의 진실이 필요했다. 그동안 남자에게 꼬박꼬박 진실을 납부해서 얻을 수 있었던 건 거짓말을 칠 수 있는 권리였다. 약속 시간을 어기는 여자로 보이고 싶진 않았다. 그녀는 남자가 무엇보다 시간 약속을 중요하게 여긴다고 했다. 나는 남자에게 사랑받아야 했다. 답은 아직 윤곽도 잡지 못했다.

멀리 남자가 보였다. 남자는 나를 보자마자 손을 번쩍 들었다. 택시 밖에서 만나는 남자는 어딘지 모르게 달랐다. 마치 새로운 신상 명세를 외우고 나온 사람 같았다. 문득 그녀와 있을 때의 남자도 다른 모습일까, 하는 생각이 들었다. 그녀가 말해 준 남자의 모습도 내가 아는 것과 조금씩 어긋났다. 여전히 어디까지 믿어야 하는지 알 수 없었다. 그건 그녀도 마찬가지인 듯했다.

"미안합니다. 많이 기다렸습니까?"

남자는 내 얼굴을 구석구석 살폈다. 화가 났는지 살피는 기색이었겠지만 나는 그게 거짓말을 캐내려는 것처럼 보였다. 진짜 20분 안에 도착할 줄은 몰랐다. 아마 나는 한동안 남자의 거짓말에 속을 것이었다. 그렇지 않아도 속을 작정이었다.

할 말을 고르는 사이 남자가 말을 이었다.

"차가 밀렸습니다."

혀끝이 간지러웠다. 남자는 잊은 것 같았다. 언젠가 오늘 그녀와 모임이 있어서 늦을지도 모른다고 했었다는 걸. 남자는 거짓말도 꾸준히 관리해 줘야 한다는 것까진 모르는 모양이었다. 남자와 만나는 일은 그래서 안전했다. 저렇게 과장도 없이 뻔뻔하게, 나만 알 수 있는 거짓말만 친다면.

"괜찮아요. 이렇게 만났으면 됐죠. 들어가요."

"그런데 근처에 서점이 있었습니까?"

남자는 안전했지만 그렇다고 지루하진 않았다. 나도 우리의 대화가 마냥 따분해지는 건 싫었다.

"내가 서점이라고 했어요? 말이 잘못 나왔나 봐요. 요즘 사고 싶은 책이 많거든요."

남자의 표정이 물러졌다. 적당한 거리를 유지한 채 우리는 백화점 안으로 들어섰다. 얼마 안 가서 모르는 사람처럼 간격이 벌어졌다. 가끔은 어디서든 손을 잡고 어깨에 기댄 채 걷고 싶었다. 하지만 그 순간 관계는 뜯자마자 바로 먹어 버려야 하는 음식이 된다는 것을 알고 있었다. 남겨 둬도 결국 먹을 수 없는 음식. 먹어 봐야 맛도 없고 허기만 지는 음식. 끝까지 상하지 않게 하려면 방부제가 필요했다.

걷다 보니 남자가 저만치 앞서가고 있었다. 어느새 나는 뒤따라가는 꼴이 됐다. 밖에서는 늘 이런 식이었다. 멀리서 보면 우리는 아예 모르는 사이처럼 보일 것이다. 이따금 눈짓을 나누는 걸 본다면 정말 친하지 않은 남매 정도로 보일 수도 있었다. 에스컬레이터에 오르자 남자의 뒤통수가 눈에 들어왔다. 운전석에 꾹 눌린 머리 그대로였다. 남자의 뒤통수에는 손이 가지 않았다. 손이 닿기만 하면 등을 지나 허리까지 순식간에 휩쓸려 내려갈 것 같았다. 남자가 걸을 때마다 슬쩍슬쩍 뒷목이 드러났다. 그사이 어깨는 조금도 흔들리지 않았다. 처음 본 것도 뒷모습이었다. 의자가 거의 가리고 있었지만 몸을 숙이거나 옆으로 조금 비틀 때마다 어깨와 등이 차례차례 드러났다. 누구라도 기대고 싶을 만큼 옹골차 보였다. 그러자 택시를 타고 어디로든 가 버려도 괜찮겠다는 생각이 들었다. 그때까지만 해도 생각보다 일이 쉽게 풀릴 줄 알았다. 그녀는 남자의 뒷모습을 잘 모를 것이었다. 그렇게 생각하니 내가 그녀보다 남자에 대해 더 많이 알고 있는 것 같았다. 그녀가 말한 남자는 모두 가짜인 것처럼 느껴지기도 했다.

9층에 도착한 남자가 뒤돌아봤다. 눈이 마주쳤다. 낚아챌 수 없을 정도로 희미한 미소가 지나갔다. 비웃는 것이라고 봐도 흘겨보는 것이라고 봐도 이상할 게 없었다. 느닷없이 진실을 던졌다는 건 그동안 내게 너무 많은 거짓말을 쳤다는 것일까. 그리고 내가 의심하고 있다는 걸 눈치챘다는 뜻이기도 할까. 나는 남자와 부딪히지 않을 정도로 걸음걸이를 맞췄다.

남자는 자못 심각한 표정으로 찻잔과 접시를 들었다 놨다.

혼수로 기획된 세트였다. 소년보다 남자를 파트너로 선택한 건 현명했다. 소년이라면 관심도 없는 물건에 시선을 던지지 못했을 것이다. 남자 옆에 바짝 붙었다.

이번에 맡은 일은 백화점에 입점한 그릇 브랜드에 대한 것이었다. 나는 면접에서 곧 결혼할 예정이라고 했다. 그게 1급 자격증을 갖고 있다고 하는 것보다 유리하게 작용했다. 2급이란 걸 알고부턴 꺼리는 기색이 역력하던 면접관은 흔쾌히 일을 맡겼다. 사실이 아닌 걸로 밝혀져도 상관없었다. 어차피 처음부터 얼마나 천연덕스럽게 연기하는지를 보는 면접이었으니까. 게다가 예정이라고 했을 뿐 결혼을 한다고 말한 것도 아니었다.

뒤에는 예비 신랑이 함께해 주면 좋겠다는 조건이 붙었다. 함께 거짓말을 쳐야 한다면 남자가 더 나았다. 하나 걸리는 건 그녀가 자주 들락거리는 백화점이라는 점이었다. 가끔 남자도 그녀와 함께 백화점에 들어선 적이 있었다고 했다. 우리는 따로 들어가 매장에서만 연기를 하기로 했다.

점원의 말투와 태도, 상품에 대한 이해 정도를 빠르게 훑었다. 구체적인 상황을 만들고 반응을 체크하는 일에 비하면 그나마 간단한 일이었다. 게다가 행동은 남자가 하고 나는 관찰만 하면 됐다. 남자는 내가 일러 줬던 걸 하나도 빠뜨리지 않았다. 사주를 볼 때도 눈치챘지만 남자가 이 정도일 줄은 미처 몰랐다. 자격증을 딴다면 3급 수준은 아니었다. 아버지의 볼품없는 구라와는 질이 달랐다.

진열대에서 제일 잘 보이는 곳에 의뢰 업체에서 말한 신제품이 있었다. 무늬만 화려할 뿐 모양이 괴상해서 도무지 뭘 담을 수 있을까 싶은 그릇이었다. 신제품에 대해 간단한 질문을 던지고 점원이 어느 정도 지식을 갖추고 있는지 확인해야 했다. 남자는 여전히 그릇에서 눈을 떼지 않고 있었다. 점심을 먹으러 가는 길에 손님을 발견했을 때의 표정과 비슷했다. 장거리인지 아닌지 가늠할 때의 표정.

잠깐 남자와 같이 사는 상상을 해 봤다. 그건 더 이상 속일 필요가 없는 사이가 되었을 때의 일일 것이다. 우리가 정말 그럴 수 있을지는 알 수 없었다. 그보단 거짓말을 들키지 않고 평생 주고받으며 사는 게 더 그럴듯해 보였다. 아무도 우리가 거짓말을 주고받는지 모르게.

연기가 너무 길었던 모양이다. 옆에 붙어 있던 점원은 어느 순간 성큼 물러나 있었다. 구석에서 우리 둘을 거의 노려보고 있는 것도 같았다. 질문을 하나만 더 했다간 그대로 쫓겨날지도 몰랐다. 머릿속에서 친절에 대한 별점을 하나 빼려고 하는데 남자가 점원을 향해 손짓했다.

"추천해 주실 만한 세트 구성은 없습니까?"

"뭐, 따로 찾으시는 거라도."

점원은 나에게 잠깐 시선을 두었다가 곧 돌렸다. 시선의 끝이 예리했다.

"좀 더 고급 제품으로."

점원이 안쪽으로 안내하는 사이 남자는 나와 눈을 맞췄다. 미리 일러 준 질문이 아니었다. 원래는 다른 색상은 없는지 물어보기로 되어 있었다. 점원은 아까 본 세트에 포함된 찻잔에 녹차를 내왔다. 점원의 태도를 객관적으로 판단해야 했지만 순간 머릿속의 모든 문장이 엉클어졌다. 한쪽을 잡아당기면 풀릴 것도 같았지만 도리어 더 엉킬 수도 있었다.

"카탈로그 한 번 살펴보세요. 이게 제일 고급 구성이고요. 이쪽도 잘 나가요. 선물하시게요?"

점원의 목소리는 아까와 사뭇 달랐다. 별 다섯 개짜리 목소리였다.

"아뇨. 저희 둘이 쓸 겁니다."

"두 분이서요?"

"곧 결혼할 사입니다."

"아, 예. ……그런데 혹시 예전에도 방문하신 적 있지 않으세요? 낯이 익어서요."

점원은 나와 남자를 번갈아 가며 차례로 훑어봤다. 나는 점원의 친절 점수에 가장 낮은 별점을 주리라 다짐했다. 없는 객관성을 만들어 내서라도 꼭 그렇게 하고 싶었다. 그사이 남자가 내 어깨에 손을 얹었다. 내 몸은 남자 쪽으로 기울었다.

"확실합니까?"

"네?"

"확실하냐고 물었습니다."

남자의 목소리는 조금도 흔들리지 않았다. 나는 어깨에 얹힌 무게에만 집중했다. 점원의 표정은 점점 묽어졌다.

"아, 아뇨. 제가 착각했나 봐요. 무례하게 들렸다면 죄송해요. 요즘 부부인 척하고 매장에 들러서 탐색하다 가시는 분들이 있어서요."

남자가 어깨에 올린 손을 움찔했다. 그다음 천천히 나를 바라봤다. 남자의 딱딱한 얼굴은 내게 뭔가 묻는 것 같기도 했고 이제 네 차례라고 말하는 것도 같았다. 나는 얼굴 근육이 멋대로 움직이지 않도록 힘을 줬다. 머무적거릴 시간이 없었다. 어서 받아치지 않으면 위험했다. 남자의 팔을 움켜쥐었다. 그러자 혀뿌리가 조금 단단해졌다.

"어머! 그런 사람들이 있어요?"

"그렇다니까요."

점원은 연한 목소리로 내 말에 대꾸했다. 그제야 남자의 숨소리가 고르게 퍼졌다.

소년이 울고 있을 때 가만히 어깨를 내밀었다. 소년은 아무 말 없이 기댔다. 그는 이 얘기를 들었을 때 눈가를 실룩였다.

거칠어졌던 숨이 좀 잦아들고 나서야 내게 계속 얘기해 보라고 했다. 이어서 소년의 축축한 목소리가 흘러나왔다.

"누나랑 평생 이렇게 있었으면 좋겠어요."

울음이 뒤섞이는 바람에 거짓말인지 아닌지 알 수 없었다. 표정조차 제대로 살피기 어려웠다. 다만 내 어깨에 얹힌 무게만은 선명했다. 남자가 내 어깨에 얹은 손의 무게와 소년이 기댄 무게는 거의 같았다.

어깨를 지그시 누르던 양감이 아직 그대로 남아 있다. 마치 다 아니까 이제 솔직히 얘기해 보라는 의미인 것만 같다. 괜히 어깨를 털어 낸다. 한동안 소년은 아무 말 없이 빈 잔만 만지작거리고 있다. 지금까지의 일을 정리할 시간을 주고 있는 건지도 모른다. 거짓말만이 사랑을 받을 수 있는 유일한 방법이라고 생각해 왔다. 하지만 모든 것을 다 알고 있다면 아무 소용없다. 이럴 땐 소년이 믿는 대로 얘기하는 게 제일 좋다. 그것이 비록 허위일지라도. 그런데 소년은 대체 어디서부터 어떻게 알고 있다는 것일까. 소년이 아는 만큼 딱 거기까지만 얘기해야 하는데. 마주보고 있지 않았다면 무슨 말이든 벌써 나왔을까.

소년과 남자를 동시에 만난 지 얼마 되지 않았을 때 거짓말은 거의 전화나 문자로 했다. 표정이나 몸짓이 드러나지 않기 때문이었다. 지어낸 이야기를 꺼내기엔 더없이 안정적인 조건이었다. 아버지에 대해 얘기할 때도 제법 멋진 농담과 구라가 무람없이 튀어나왔다. 그중에는 엄마가 내게 쳤던 것도 섞여 있었다. 그걸 깨닫고 나자 엄마가 내게 그 말을 할 때 어떤 심정이었을지 조금은 짐작할 수 있었다.

전화나 문자에 너무 길들여지면 막상 얼굴을 보며 얘기할 땐 금방 발각될 게 뻔한 것만 나오기 일쑤다. 그러면 혀부터 둔해져 말투가 어눌해진다. 그럴 땐 상대가 의심하기 전에 아무 말이나 던져 버리는 게 낫다. 질문과 대답 사이가 너무 길면 어떤 말이든 거짓으로 들릴 수밖에 없다. 그러니 무슨 말이든 해야 한다. 뒤로 살짝 빠지면서 상황이 돌아가는 꼴을 지켜봐야겠다.

"난 뭘 다 알고 있다는 건지 모르겠어."

엄마가 공갈칠 때의 목소리를 따라 한다고 했는데 먹힐까.

"모른다고요?"

건조한 목소리가 지나가자 소년의 표정이 한껏 뒤틀린다. 흔들리지 말고 엄마가 쉴 새 없이 쏘아 댔던 것처럼 대화를 이어 나가야 한다. 소년이 남자와의 관계를 알고 있다면 차라리 솔직하게 말하는 것이 나을지도 모른다. 이쯤에서 신뢰를 좀 쌓은 다음 남자가 일방적으로 나를 좋아하고 있는 거라고 몰아갈 수도 있다. 아직 그 정도는 속지 않을까. 그런데 만약 소년이 그 이상을 알고 있다면……

소년과 만나기 전 모든 상황에서 칠 수 있는 거짓말을 준비해 뒀다고 생각했다. 하지만 아무리 뒤져 봐도 지금과 같은 상황은 없다. 하긴 미리 준비해 뒀더라도 지금쯤 다 썩어 문드러졌을 것이다. 소년은 아예 팔짱을 끼고 앉아 있다. 얼굴엔 득의만면한 표정을 얹고 있다. 한 번도 울어 본 적 없는 얼굴 같다. 어디서부터 얘기를 해야 할까. 지금 만나고 있는 남자에 대해서 얘기를 해야 하나. 아니면 거짓말 때문에 미움받지 않을 수 있었던 어린 시절 얘기부터?

이제 나에게 선택은 두 가지뿐이다.

거짓말 같은 진실을 얘기하거나 진실 같은 거짓말을 얘기하거나.

PART 3

거짓말을 치는 사람들은 신호를 보낸다. 코를 긁는다든가 눈을 자주 깜빡이거나 아니면 입가를 미세하게 실룩거리거나. 스스로 통제할 수 없는 징후도 있지만 대부분은 자격증 소지자를 구분하는 데 별 도움이 되지 않는다. 2급만 되어도 다 알고 있기 때문이다. 그러니 알아채는 순간 신호는 자격증 소지자의 특징이 아닌 또 다른 속임수가 된다.

정교한 공식이 있을 거란 생각으로 접근하면 매번 속을 수밖에 없다. 자격증 소지자의 거짓말은 그때그때 공식을 응용해서 늘 새롭고 싱싱하다. 공식을 전복시키기도 하고 없는 공식을 새로 만들어 내기도 한다. 하지만 거짓말을 알아채는 수법은 여전히 너무 구닥다리다.

자격증 소지자들은 신호를 피하는 것으로 더 완전한 거짓 말을 만든다. 수많은 정보는 거짓말을 알아챌 수 있게 해 주는 것이 아니라 도리어 더 치밀하게 만들 뿐이다. 심지어 신호를 이용해서 진실을 거짓으로 둔갑시키기도 한다. 거짓말을 숨기는 기술만으론 1급이 될 수 없다. 1급은 거짓말을 치고 있다고 버젓이 보여 줘야 할 때도 능수능란해야 한다.

백화점을 다녀온 지 얼마 지나지 않았을 때였다.

나는 숨을 참고 코끝을 두어 번쯤 긁었다. 이것으로 정확한 답을 알아낼 수 있을 줄 알았다.

"부담 주는 거 싫어요. 그러니까 우리 이제…… 이제 그만……."

끝에 가선 목소리를 삼키고 최대한 더듬었다. 남자의 눈을 슬쩍 보다가 이내 피했다. 시선은 허공을 맴돌았다. 그사이 입술을 깨무는 것도 빠뜨리지 않았다. 상대방을 안쪽에서만 뱅뱅 맴돌게 하는 것은 어수룩한 거짓말이다. 잘 다듬어졌다면 틀 바깥을 상상하게 만든다. 남자는 상상 역시 미리 계획한 거짓말의 범위 안에 있다는 걸 모를 것이었다.

"갑자기 그런 말을 하는 이유가 뭡니까? 이제껏 우린 아무 문제없었습니다."

숨을 참고 있어서 얼굴은 이미 붉게 달아올랐을 것이었다.

떨리는 손까지 보여 주면 거의 완벽했다. 슬그머니 손을 들어 올렸다. 기다렸다는 듯 남자가 손목을 움켜쥐었다. 남자의 손에 손목이 남김없이 잡혔다. 크고 두껍고 거친 손이었다. 어딘지 모르게 거짓말을 칠 수 없는 손 같았다. 그러자 남자가 무슨 얘기를 하든지 전부 믿어 버릴까 봐 조마조마했다.

"거짓말인 거 다 압니다."

"……아, 아니에요. 진짜예요. 진짜…… 진짜라고요."

마지막엔 저절로 목소리가 갈라졌다. 순간 남자는 내 손목을 놓았다. 허공에 잠깐 머물렀던 손은 힘없이 아래로 처졌다. 바람이 불면 그대로 날아가 버릴 것만 같았다. 그러자 남자가 이끄는 대로 가고 싶었던 건 아닌가 하는 생각이 들었다. 남자가 택시를 향해 걸어가는 뒷모습을 보는 동안 생각은 온몸으로 번졌다. 남자의 어깨는 한쪽으로 기울어져 있었다. 매몰차게 떠나는 건지 아니면 당장 잡아 달라고 하는 건지 알 수 없었다. 남자는 택시 안으로 들어가기 전 누가 잡아끄는 것처럼 돌아섰다.

"미안합니다. 제가 더 많이 노력하겠습니다."

그리 먼 거리가 아닌데도 남자는 큰 소리로 외쳤다. 우렁찬 목소리가 가슴을 뚫고 지나갔다. 그렇게까지만 했다면 믿었을 것이다. 적어도 믿고 싶었을 것이다. 어쩌면 그대로 달려가 택시에 올라탔을 수도 있었다. 그리고 남자가 가자는 데로 아무 말 없이 따라갔을 것이다. 그렇게 하지 않고선 못 견뎠을 것이다. 그 길로 다시는 돌아오지 못한다고 해도.

남자는 손을 번쩍 들어 흔들었다. 나도 물결처럼 손을 흔들었다. 그게 신호가 된 것처럼 남자는 성큼 달려왔다. 그러더니 뭐라 말할 틈도 없이 이마에 입을 맞추고 등을 여러 번 쓸어내렸다. 나와 만나고 집에 들어갈 때마다 그녀에게 한다던 행동이었다. 그녀는 그 촉감을 조금도 의심하지 않았지만 나는 달랐다. 남자가 사랑하는 증거를 대라고 한다면 그녀는 이마와 등에 닿은 촉감을 얘기할 것이다. 나는 남자가 거짓말을 쳤다는 증거로 같은 걸 내밀 것이다. 그러고 보면 그녀와 나는 같은 카드를 쥐고 있는 셈이었다.

택시가 시야에서 완전히 사라졌을 때 남자에게 나는 아무것도 아닐 수도 있다는 생각이 밀려왔다. 처음부터 내게 남자가 없었던 것은 아닌가 하는 의문마저 이어졌다. 어쩌면 나는 이때 이미 답을 알지 않았을까.

남자의 거짓말은 자신을 과장해서 돋보이게 하는 쪽이었다. 그래서 여기저기 허풍이 섞여 있었다. 그러니까 뻥을 치는 것이었다. 뻥은 축소나 은폐와 달리 부풀리는 기술이다. 정도껏 부풀려야지 한계를 모르고 덤볐다간 터질 수도 있다. 그 순간 안에 든 것은 바깥으로 쏟아져 버린다. 그것은 시취를 품고 있기도 하고 뿌리 나 있기도 하다. 아무것도 없을 때도 많다. 뭔가 꽉 차 있었지만 냄새도 안 나고 형체도 없어서 비어 있었다고 착각하는 때도 더러 있다.

이를테면 남자는 있지도 않은 별장을 내 귓속에 그럴싸하게 찔러 넣었다. 많이 다듬은 것 같았지만 아직 표면이 우둘투둘해서 거슬리는 목소리였다. 내가 별다른 대꾸를 하지 않자 정확한 위치와 주변 풍경까지 일러 주며 몸집을 부풀려 나갔다. 눈이 마주쳤을 때 남자는 이미 절반쯤 일어나 있었다.

"못 믿는 겁니까? 일어납시다. 당장 보여 줄 테니."

그대로 놔뒀다간 곧 터질 것 같았다. 남자는 거짓말을 잘 치는 것 같으면서도 가끔 이런 식으로 삐끗했다. 남자의 뻥이 들키도록 놔둘 순 없었다. 애초에 별장이 없다는 걸 알고 있었지만 그쯤에서 대단하다고 치켜세웠다. 남자의 별장이 아닌, 앞뒤 안 가리고 저돌적으로 밀고 들어오는 뻥에 대해서. 별장이 없다는 걸 알고 있다고 했으면 어땠을까. 우리 둘은 더 이상 사랑할 수 없었을 것이다. 거짓말이 통하지 않는다는 걸 알았을 테니까.

소년은 자신을 초라하고 안쓰럽게 만드는 쪽이었다. 부모님에 대해 물었을 때 "별로 얘기하고 싶지 않아요." 한다거나 어디 아프냐고 물었을 때 "오지 않아도 괜찮아요. 참을 수 있어요." 하는 식이었다. 그건 돌려 말해서 자신이 원하는 방향으로 짐작하게끔 만드는 방식이었다. 이 방식에서는 들킨다고 해도 직접 거짓말을 친 게 아니라서 잘못 이해한 사람만 우스워졌다. 그래서 반응에 공들여야 했다. 그렇지 않으면 어느새 상대방에게 말려들어 빠져나올 수 없었다. 그땐 그것도 거짓말의 기술 중 하나라는 걸 잊고 있었다.

소년이 그동안 거짓말을 친 거라면 내 거짓말을 눈치채는 것도 어렵지 않았을 것이다. 그렇다면 눈치챈 걸 들키는 순간 관계가 허물어진다는 것도 알고 있었을 것이다. 어쩌면 지금 소년은 애써 남자 얘기를 꺼내지 않는 것일 수도 있다. 그렇다고 내가 먼저 나서서 가지고 있는 패를 다 보여 줄 필요는 없다.

한껏 수그러진 목소리를 내밀어야겠다.

"우리 괜한 오해로 시간 낭비하지 말자."

"정말 끝까지 이러기예요?"

소년은 순식간에 얼굴을 구긴다. 저런 얼굴이 숨어 있었나. 이제껏 소년의 얼굴은 둥그스름하기만 했다. 어느 순간에도 각이 지지 않았고 돌출된 부분도 없었다. 그게 모두 가짜였나. 제멋대로 울룩불룩해진 저 얼굴이 진짠가. 아니면 진짜 얼굴은 아직 나타나지 않은 걸까. 정말 남자와의 관계 때문인지 긴가민가하다. 어쩌면 나는 소년이 남자에 대해 모르길 바랐던 건지도 모른다. 그래서 그동안 소년이 남자를 알고 있다는 걸 눈치챌 기회가 많았는데도 계속 딴청을 피웠던 게 아닐까.

하나라도 틀어졌다간 지금까지 쳤던 거짓말이 꼬리를 물고 몽땅 드러날 수도 있다. 거짓말은 서로 긴밀하게 연결되어 있다. 그중 소년이 남자와의 관계를 꼬치꼬치 캐묻는다면 뭐라고 대답해야 할까. 어떻게 말해야 소년이 오해하는 부분이 해소될지, 아니 사실이었던 부분을 오해하게 만들 수 있을지 알 수 없다. 지금은 정교한 규칙이 아닌 새로운 규칙이 필요한지도 모르겠다.

소년이 거짓말을 쳐 온 게 확실하다면 순전히 나를 위한 거라고 생각했을 것이다. 여기까지 생각하자 언젠가 소년이 했던 대답이 떠오른다. 내가 몇 번째 여자냐고 물었을 때였다.

"그게 우리 사이에 뭐가 중요해요? 지금 나에겐 누나뿐인데."

입을 맞추기 전 다시 물었을 때도 소년은 말을 잇지 않았다. 그때도 거짓말의 기술 중 하나라는 것을 알아채지 못했다. 모르고 지나칠 정도로 소년이 능숙했던 건지, 허술한 것도 눈치채지 못할 정도로 내가 둔했던 건지 헷갈린다.

무언가 알고 있다는 건 그냥 떠보는 소리가 아닐 수도 있다. 알고 있다고만 하면 그건 완전한 진실이 아니다. 뭘 알고 있는지 빼고 얘기했기 때문이다. 응용 단계를 떼지 않았다면 이럴 때 함정이 숨은 문장을 쓸 수 없다. 소년은 앞을 비워 두면 얼마든지 입맛에 맞는 오해를 만들어 낼 수 있다는 걸 알고 있을지도 모른다.

그렇다면 내겐 방어의 거짓말이 필요하다. 방어를 하려면 상대방이 어떤 점을 알고 공격해 오는지 알아야 한다. 하지만 막상 소년이 다시 앉고 보니 어디를 어떻게 막아야 할지 모르겠다. 이제 소년은 대놓고 나만 바라보고 있다. 눈빛은 손끝 하나에서도 뭔가를 캐내려는 것처럼 집요하다. 나와 관계를 계속 이어 갈 생각이 없다면 이렇게 마주앉아 있지도 않을 것이다. 그건 방어만 제대로 한다면 관계를 회복할 수 있을 거란 뜻이다.

"누나, 나한테 숨기는 거 있죠?"

소년이 의자를 바짝 당겨 앉으며 묻는다. 목소리가 울려 공간을 가득 메운다. 나도 모르게 사방을 휘둘러본다. 시선을 피해선 안 된다. 다시 소년에게 시선을 고정한다. 그새 소년의 표정이 좀 달라진 것 같다. 목소리는 한참 있다 기어 나온다.

"내 기억에는 그런 거 없는데."

뱉어 놓고 보니 너무 물렁하다. 툭 건들기만 해도 터질 것 같다. 내가 소년이라면 뭔가 숨기는 게 있다고 확신할 것이다.

"사람들은 누구나 숨기는 게 있어요."

"그런데?"

이번엔 냉랭하게 들리진 않았을까. 평소와 비슷한 목소리를 냈어야 했는데. 살짝 경직된 얼굴도 소년이 본 것 같다.

"누나도 마찬가지고요."

더 빠져들기 전에 미끼를 던져 봐야겠다. 이젠 소년이 덥석 물고 알고 있는 걸 다 토해 내길 기대하는 수밖에 없다.

"내가 뭐 하러 숨기겠어?"

소년의 대답을 기다린다. 아귀가 맞지 않는 자리가 보이면 가차 없이 날카로운 공갈을 찔러 넣을 것이다. 대답에 따라선 물컹하게 능청을 떠는 게 나을 수도, 매정하게 돌아서는 게 나을 수도 있다. 소년은 시선을 내려놓고 다시 잔을 만지작거린다. 틈을 내주면 안 된다. 이쯤에서 후끈한 구라를 풀어 분위기를 누그러뜨려야겠다. 그러다 보면 뭔가 더 알 수 있을 것이다.

"내 말 좀 들어 봐. 네가 알고 있다는 거, 사실 그건 말이지 생각하기에 따라 얼마든지……."

"우리 같이 살아요."

명랑한 목소리가 뒤통수를 후려갈긴다.

"……뭐?"

"같이 살자고요. 예전에 누나도 그랬잖아요. 같이 살면 좋겠다고."

그런 말을 한 적이 있었나. 그런데 내가 '숨기는 것'과 '같이 살자'는 것엔 어떤 연관이 있는 거지. 대체 무슨 꿍꿍일까. 대화는 점점 거짓말 가이드북을 벗어나고 있다.

소년은 더디게 나를 바라본다. 얼빠진 얼굴이 그대로 보일 것이다. 뭐 믿는 구석이라도 있는 건가. 진짜 내가 남자와 만나는 걸 알고 있나. 내게서 남자를 완전히 밀어내려는 건지도 모른다. 아니면 내가 제대로 된 거짓말을 치지 못하도록 하려는 수작일 수도 있다. 입안이 바짝 말라간다. 주도권을 잡아야 한다. 이대로 가다간 소년에게 휘둘릴 뿐이다.

"네가 그런 말 할 줄 알았어."

"누나 생각은 어떤데요?"

억센 목소리가 몸을 칭칭 휘어 감는다. 같이 살자고 달려드는 건 소년이 아니라 남자일 거라고 생각했다. 그런데 소년이 그 말을 하니 머릿속이 뒤엉킨다. 예상 밖의 상황이다 보니 거짓말도 예상 밖의 것으로 준비해야 한다. 지금까지 친적 없는 새로운 거짓말이 필요하다. 이제껏 쳐 왔던 걸로는 도저히 당해 낼 수 없을 것 같다. 우물쭈물하는 사이 소년이 또 입을 연다. 거짓말을 생각할 시간조차 주지 않으려는 것 같다.

"가만히 있지 말고 무슨 말이든 해 봐요."

눈이 마주치자 소년은 흐트러진 자세를 바로잡는다. 눈가에 흐리마리한 미소가 지나간 것도 같다. 그 끝엔 뾰족한 목소리가 돋아나 있다.

"거짓말이라도 좋으니까."

날 선 공갈을 쳐서 몰아세울까 아니면 역시 진한 구라를 풀어내는 게 좋을까. 떠보는 방식으로 쭉 밀고 나갈까 그것도 아니면 시치미 떼고 어물쩍 물러나는 게…… 아무리 박박 긁어 봐도 단 한 줌의 거짓말도 나오지 않는다.

방을 구할 때 남자는 보증금을 보태 주려고 했다. 그 정도면 보증금을 높이고 월세가 더 싼 방을 얻을 수 있었다. 반지하를 벗어나 주방이 따로 있는 방이나 창문이 큰 방도 어렵지 않았다. 하지만 선뜻 손을 내밀지 못하고 주춤했다. 받아야겠다고 생각했지만, 결국 받을 수밖에 없을 거라는 것도 알고 있었지만 손은 쉽게 움직여지지 않았다. 한숨을 길게 뽑아 낸 남자는 내 손에 돈을 쥐어 주고 돌아섰다. 억세게 할퀴는 것 같은 손길이었다. 마치 이제 그런 가식이 지겹다는 듯.

그녀는 남자에게 그만한 돈이 있었다는 걸 믿지 않았다. 돈이 오갔다는 건 그녀의 생각에 따라 사랑일 수도 사랑이 아닐 수도 있었다. 그녀는 사랑이 아닌 쪽으로 기울어지기 위해 안간힘을 쓰고 있었다.

소년은 개교기념일이나 시험 기간이라며 종일 방에서 머물기도 했다. 개교기념일은 지난 계절에도 써먹은 것이었지만 모르는 척했다. 그때까지만 해도 그 정도는 별로 대수롭지 않았다. 정상 범위 안에 드는 정도였다. 다음 날 그는 소년이 내 방에도 드나드는지 물었다. 아무래도 그는 나와 소년을 따라다니는 것 같았다. 언제부터인지는 알 수 없었다. 그동안 어떤 낌새도 알아차릴 수 없었다.

내가 집을 나가도 엄마는 청소나 빨래를 미루는 일이 없었다. 집에 누군가 드나든다는 걸 안 것은 혼자 살기 시작한 지 얼마 되지 않아서였다. 이젠 건성으로 훑어봐도 속지 않을 수 있다고 생각했는데 틀렸다. 엄마는 항상 나보다 한 뼘쯤 위에서 사뿐사뿐 걷고 있었다. 들켜도 당당한 건 여전했다.

"자식한테 혼자서도 잘 사는 모습을 보여야 하지 않겠니?"

"그렇다고 가사 도우미까지 써? 돈은?"

"다 방법이 있다."

"무슨 방법?"

"몸은 성한 데가 없고 남편은 행방불명이고 딸마저 지금 정신이 오락가락해서 밖으로만 싸돌아다닌다니까 자원봉사자가 찾아오더라. 속일 사람은 널렸어. 그래서 세상은 아직 살 만한 거다."

엄마는 믿는 구석이 있어서가 아니라 믿는 구석이 없기 때문에 거짓말을 쳤다. 상처 받고 보듬을 때도 상처를 줄 때도 어김없이.

자원봉사자와 마주쳤을 때 나는 멍한 시선을 허공에 뒀다. 아무 말이나 되는대로 중얼거리는 것도 빠뜨리지 않았다. 틈 틈이 몸을 움찔거리기도 했다. 그들은 시선을 오래 두지 않고 도망치듯 주방으로 들어갔다. 주방 쪽에 눈길을 던지진 않았 다. 눈이라도 마주치면 표정이 흐느적거릴 것 같았다. 제법 정 신이 오락가락하는 여자처럼 보였을까. 허공에 시선을 두고 있다 보니 정말 머릿속이 흐리멍덩했다. 나를 본 엄마는 눈을 찡긋했다. 이어서 주방 쪽에 대고 말했다.

"우리 애가 좀 아파도 착해요."

혼자 살면서부터 엄마는 부쩍 의심이 많아졌다. 내 말이라 면 절대 믿지 않을 작정인 듯 보이기도 했다. 그때도 내가 허 술해진 탓일지도 모른다는 생각은 들지 않았다. 엄마의 의심 이 밑바닥부터 무너져 가는 내 거짓말을 겨우 지탱해 주고 있었다는 건 나중에야 깨달았다.

"올해 네가 몇이지?"

"알면서 뭘 물어."

"네가 벌써?"

목소리가 우렁우렁 울렸다. 엄마는 냉장고를 열고 안에 머 리를 넣은 채 말했다. 냉장고는 엄마를 통째로 빨아들일 것 같았다. 뭔가 찾는 모양이었지만 딱히 내놓는 건 없었다. 저건

뭐랄까. 들키지 않으려고 안간힘을 쓰는 모습 같았다.

"요새 만나는 사람 없어?"

목소리는 아득하게 퍼졌다. 아무래도 엄마가 날 시험해 보는 것 같았다. 나는 지금쯤 진실을 말해 줘야 의심이 녹아내리고 다시 거짓말이 통할 거라는 걸 알았다. 어떤 진실을 말해 줘야 나를 다시 믿을까.

남자와 소년 정도면 어떨까.

"좋아하는 사람이 있긴 한데."

내뱉고 보니 누구를 염두에 두고 한 말인지 헷갈렸다. 엄마는 누구를 더 맘에 들어 할까.

문을 너무 오래 열어 둔 탓인지 냉장고에서 날카로운 경보음이 울렸다. 엄마는 여전히 머리를 파묻고 있었다. 지금쯤이면 또 거짓말을 치는 거냐고 쏘아대거나 이번엔 진짜구나 하고 내 앞에 달려와 앉을 텐데, 아무 반응이 없었다. 표정을 숨기고 내 말이 진짠지 아닌지 가늠하고 있는 눈치였다.

"역시 내 짐작이 맞았어."

엄마는 벌건 얼굴을 내밀었다. 예전에는 내 눈을 똑바로 보고서 아버지는 외국에서 사업을 하고 있다고, 곧 돌아올 거니까 걱정하지 말라는 말도 잘했는데. 또 우리에게는 사실 어마어마한 유산이 있으니 기죽지 말고 다니라고, 정말이지 눈 하나 깜짝 안 하고 말했는데. 이제는 내 말을 분간하는 데도 제법 오랜 시간이 걸렸다. 그나마도 틀린 게 더 많았다. 지나고 보니 그때 알아챘어야 했다.

그날도 엄마는 내 앞에 반 공기의 밥을 뒀다.

"남기지 말고 다 먹고 가."

매번 이런 식이었다. 어렸을 때 밥 먹기 싫다고 하면 엄마는 한 공기 밥을 꾹꾹 눌러 반 공기처럼 보이도록 만든 다음 내밀었다. 반이나 덜어 냈으니 투정 그만 부리고 먹으라는 것이었다. 다 먹지 않으면 밖에 나가지도 못하게 했다. 나는 한 공기지만 반 공기처럼 보이는, 꾹꾹 눌린 밥을 꾸역꾸역 먹었다. 씹을 때마다 엄마의 공갈도 밥알 사이사이에 넣어 같이 삼켰다.

몰래 밥을 덜어 놓는 사이 엄마는 씻었다. 목욕탕에 갔다 오라고 해도 늘 집에서 씻는 걸 고집했다. 그러고 보니 어릴 때도 엄마랑 목욕탕에 가 본 적이 없었다. 아버지는 엄마가 왕년에 좀 놀던 시절, 몸에 문신을 해서 그렇다고 했지만 흘려들었다. 아버지의 구라는 이제 솔기가 터져 안에 든 솜이 다 드러날 지경이었다. 누런 솜은 만지기만 해도 바스라질 것 같았다. 나는 홱 돌아앉았다. 아버지는 "어쭈, 못 믿는 거냐? 너 못 본 새에 많이 컸구나." 했다.

안방에서 나온 엄마는 한복을 차려입었다. 매번 보던 모습인데도 그날따라 어딘지 텅 비어 보였다. 속치마라도 빼먹은 건가 싶어 살펴보면서 오늘은 누구의 언니나 이모가 되는 날일지 짐작해 봤다.

"엄마, 김치 좀 더 줘."

"오늘은 네 엄마 아냐."

목소리는 균형이 깨져 있었다. 오늘 맡은 사람의 신상 명세에 맞춘 목소리가 아니었다. 엄마는 이리저리 돌며 옷매를 다듬었다. 치맛자락 끝에 얼룩이 보였다. 유심히 보지 않으면 모를 정도로 사소한 얼룩이었다. 아마 지난번 예식장에서 묻은 것 같았다.

나는 밥알을 다 넘기지도 않고 물었다.

"그럼 누구 엄만데?"

"가만있자…… 오늘 내 아들 이름이 뭐더라. 정, 정…… 뭐라고 했는데."

그사이 엄마 나이를 가늠해 봤다. 생각나는 건 오늘의 나이뿐이었다. 어제와 다르고 내일이 되면 또 바뀔 나이. 그때까지도 엄마는 말을 잇지 않았다. 계속 '정'에서만 맴돌았다.

"오늘 잘할 수 있겠어?"

"이유정! 아들이 아니라 딸이었네."

거짓말이 무뎌지면 가장 가까운 사람부터 알아챘다. 엄마는 조금씩 엉성해지고 있었다. 구라나 공갈은 쭉쭉 뻗어 나가지 못하고 옆으로 줄줄 샜다. 발밑은 통하지 못한 거짓말로

흥건했다. 다음에 만나면 꾹꾹 누른 밥을 두고 덜어 냈으니 다 먹으라고도 못할 것 같았다.

"근데 그쪽은 뉘 집 자식인데 남의 집에서 밥을 먹고 있어요?"

목소리는 평소보다 들떠 있었다. 미세하긴 해도 표정은 분명하게 흔들렸고 손끝이 허공에서 허둥댔다. 말을 마치자마자 이내 고개를 돌려 버리기까지 했다. 거기에 과장해서 웃는 소리까지 보탰다. 이 정도라면 3급만 되어도 알아챌 것이다. 앞으로 점점 더 많은 사람들이 엄마의 거짓말을 알아챌지도 몰랐다. 그사이 얼룩이 더 번진 것 같았다.

"어때? 우리 딸, 엄마 아직 쓸 만하지?"

아무래도 엄마의 거짓말에 굵은 주름이 지기 시작한 것 같았다. 엄마가 예전에 했던 말이 떠올랐다. 금방 엄마라고 할 거면서 까불기는.

엄마도 금방 딸이라고 할 거면서.

결정은 내내 잠복해 있다가 헐렁해진 틈을 비집고 불쑥 불거진다. 거짓말은 그 틈에서 더 빽빽하게 우거진다. 선택은 두 가지다. 소년의 제안을 받아들일 것인지, 아니면 지금까지 있었던 일을 모두 고백한 다음 남자에게로 갈 것인지. 소년이 고백을 믿어 줄지는 모르겠다. 소년이 믿을 만한 고백은 무엇일까. 어디를 어떻게 부풀리고 어느 순간을 축소시켜야 할지 알 수 없다. 이쯤에서는 살짝 비틀어 줘야 할 것 같은데 어느 방향으로 비틀어야 하는 건지도 갈피가 잡히지 않는다. 그때 질문 하나가 머릿속을 관통한다.

그동안 소년의 거짓말을 얼마나 놓치고 있었던 걸까.

"왜 그런 표정이에요?"

"아니, 그냥…… 좀 당황스러워서. 예상치 못한 일이라."

"제가 기대했던 대답과는 좀 다르네요. 그거 말고 더 할 말 없어요?"

소년이 기대한 대답은 뭘까. 내 표정에서 대체 뭘 읽어 낸 걸까. 일단 벌어진 틈을 조금이라도 메워야겠다. 가만히 뒀다가 그 틈에 거짓말이 전부 빨려 들어갈 것 같다.

"그래. 우리가 그럴 수도 있겠지."

"그럴 수도 있다는 게 무슨 뜻이에요?"

"말해 봐야. 네 오해만 더 깊게 할 거야."

"무슨 오해를 한다고 그래요?"

소년의 얼굴이 군데군데 지워져 있다. 지금처럼 반쯤 지워진 얼굴을 본 적이 있었다.

단단하게 균형 잡힌 근육과 그 위로 듬성듬성 돋은 털이 어렴풋이 보였다. 남자의 얼굴은 잘 보이지 않았다. 반쯤 어둠에 파묻혀 있었다. 눈썹의 절반과 콧등 그리고 입가가 조금 보였지만 그것만으로 표정을 알아볼 순 없었다. 눈을 지릅 떠 봐도 소용없었다. 금세 눈에 힘이 풀렸다. 그동안 젖은 풀 냄새 사이를 시큼한 땀 냄새가 쑤시고 들어왔다. 어느새 숲에 다시 들어선 것 같았다. 이제야 날카로운 울음의 주인을 만난 기분이었다.

남자는 몸을 뒤척이는 순간마다 잊지 않고 신호를 보냈다. 그래서 다음에 뭘 해야 하는지 고민하지 않아도 됐다. 남자가 내게 지시하면 몸은 거기에 맞춰 저절로 부드럽게 움직였다. 그사이 나는 아무 말도 하지 않았다. 귀퉁이가 닳아 너덜너 덜해진 숨소리뿐이었다. 남자가 엉덩이를 살짝 움켜쥐면 엉덩 이를 살짝 들어 올렸다. 팔을 쓰다듬으면 두 팔을 들어 남자 의 목을 감쌌다. 남자는 마치 물결에 따라 내 몸을 조금씩 흘 려보내고 있는 것 같았다. 멀리서 우리 둘을 봤다면 가느다랗 게 흔들리는 나뭇가지와 엷은 울음소리만을 마주할 수 있을 것이었다.

아무것도 하지 않고 남자의 움직임에 맞추다 보면 어느새 저절로 절정에 가 있을 것 같은 밤. 누군가는 수치스럽다고 도 할 수 있을 것 같은 밤이었다. 하지만 정작 더 깊이 나아가 진 못했다. 남자는 내가 돌아눕자 몸에서 손을 뗐다. 멀어지 는 손에서 찬바람이 돋아나 등을 훑었다. 슬쩍 돌아봤다. 남 자는 어기적거리다가 침대에 걸터앉았다. 침대가 조금 출렁였다. 끄트머리에 누운 나는 온몸이 뒤흔들리는 것 같았다. 남자의 머리 위로 가느다란 담배 연기가 솟았다. 연기는 내 쪽에 닿기도 전에 맥없이 사라졌다. 매번 저런 등으로 그녀 앞에 있었을 것이다. 내가 남자의 뒷모습에 대해 말했을 때 그녀도 안다고 했다. 다만 컴컴한 방 안에서만 봤기 때문에 제대로 설명할 순 없다고. 그러자 누가 남자에 대해 더 많이 알고 있는 건지 헷갈렸다.

몸이 끝까지 달아오르려는 순간, 그녀가 했던 말이 떠올랐다. 그러자 몸은 찬물을 뒤집어쓴 것처럼 순식간에 식었다. 천장에서 밑바닥까지 고꾸라진 기분이었다. 남자와 함께했던 일들 중 감정을 정확하게 기억할 수 있었던, 몇 안 되는 순간 중 하나였다. 정말이었는지 아니면 가짜로 만들어 낸 감정이었는지는 알 수 없지만.

남자는 느릿느릿 속옷을 입고 일어났다. 무심코 보면 시커먼 나무가 흔들리는 것처럼 보였다. 남자가 그 나무의 이름도 알려 줄지 궁금했다. 어둠 속에서 남자가 물을 마시는 소리만 부풀어 올랐다. 스탠드를 켜자 물을 넘기던 소리가 멈췄다. 불빛 끝에 남자 몸에 달라붙은 무늬가 보였다. 얼핏 보면 짐승의 얼룩 무늬였지만 자세히 보니 이파리에 가까웠다. 멍든 자국이었다. 농도는 제각각이었다. 어떤 건 아직도 조금씩 퍼지고 있는 것 같았고 이제 막 돋아난 듯 유난히 생생한 것도 있었다. 겹친 부분은 푸른색이 깊어 보다 보면 빠져들지도 모른 다는 생각이 들었다. 그대로 가만히 있다간 멍이 내 몸에 옮을 것 같았다.

몸을 일으키자 남자의 둔탁한 목소리가 들렸다. 처음엔 바닥에 뭔가 떨어지는 소리인 줄 알았다.

"그렇게 별로였습니까?"

소년에게 들었던 목소리와 닮았다. 거짓말과 진실 중 어떤 대답이 더 유리할지 알 수 없다는 것까지도.

막차를 놓치면 소년은 내 방에서 자고 갔다. 그때마다 침대를 내주고 의자에 앉아 몸을 둥글게 말았다. 같이 누울 순 없었다. 소년의 몸은 희고 여려서 함부로 손대면 바스라질 것 같았다. 애매모호한 표현인 건 알았지만 그 이상의 문장은 떠오르지 않았다. 적어도 그라면 이 문장에 고개를 끄덕여 줄 수 있을 것이었다.

한 번쯤 소년이 누워 있을 때 슬며시 옆에 앉아 보기도 했다. 가만가만 시답잖은 얘기를 속삭이다가 어느 순간 손에 허벅지가 잠깐 닿았다. 떨어진 다음에도 손바닥에는 말랑말랑한 공이 머물러 있는 것 같았다. 이어서 나는 소년의 볼을 손가락으로 꾹 눌러 봤다. 그다음에 무슨 얘기가 이어졌는지는 기억나지 않았다. 다만 동시에 무른 웃음을 터뜨렸다는 건 또렷했다. 웃음의 끄트머리에서 소년은 내 머리 쪽으로 손을 내밀었다. 나는 소년의 가는 손목을 휘어잡았다. 소년은 순식간에 내 안으로 파고들었다. 가벼운 털 뭉치에 휩싸인 기분이었다. 몸은 금세 허물어졌다. 순간 소년의 얇은 입술이 열렸다.

"이런 게 사랑일 수도 있을까요?"

이렇게 묻는 쪽은 상대방이 불안을 확신으로 끌어당겨 주길 바란다. 내가 소년에게 같이 살자고 했다면 아마 그때였을 것이다.

그는 이 얘기를 들었을 때 바람이 새는 소리를 내며 키득키득 웃었다. 웃음은 절대 믿지 않겠다는 고집처럼 단단했다. 웃음이 형체를 잃은 건 얼마 지나지 않아서였다. 일부러 시계를 돌려놓는다거나 보일러의 코드를 빼 두는 건 그의 생각이었다. 그날도 소년은 막차를 놓쳤다. 방 안에서 유일하게 열을 낼 수 있는 것은 침대 위에 깔린 전기장판뿐이었다. 예전처럼 소년은 침대에 눕고 나는 의자에 앉았다. 두툼하게 껴입었는데도 온몸이 굵직하게 떨렸다. 냉기는 둥글게 말고 있는 몸을 찌르고 들어왔다.

얼마나 지났을까. 뒤에서 소년의 목소리가 스멀스멀 기어나왔다.

"옆에 있어 줘요. 오늘 하루만이라도."

그게 소년이 던지는 미끼일 수도 있다는 생각은 하지 못했다. 그래서 못 이기는 척 소년의 옆에 누웠다. 그때도 그의 말이 몸에 박혔다. 그녀가 했던 말과 거의 비슷했다. 그렇다고 관계를 가질 필요까진 없어요. 아니, 갖지 말아 주세요. 그냥 그럴 수도 있는 상황인지만 알려 주세요. 그러면 그쪽 말을 믿을 수도 있을 것 같아요. 믿을 수도 있겠다는 건 믿겠다는 얘기가 아니었다. 도리어 어떻게든 믿지 않겠다는 쪽에 가까웠다.

소년은 내 쪽으로 조금씩 파고들었다. 그러더니 갑자기 내 안을 가득 메울 것처럼 사납게 달려들었다. 나뭇가지끼리 부딪혀 똑똑 부러지는 소리와 이파리가 바닥에 쓸려 부서지는 소리가 겹쳤다. 숲에서 들었던 짐승의 울음도 다시 이어졌다. 그때만큼 날카롭진 않았다. 소년은 어디가 급소인지 몰라 허둥대는 어린 맹수 같았다. 처음 사냥에 나선 맹수는 일단 눈에 보이는 대로 여기저기 물었다. 뭉툭한 이빨은 급소에 닿아도 치명적이지 않았다. 희미한 자국이 남았지만 금방 지워졌다. 종아리가 막 엇갈렸을 때쯤 나는 소년을 그대로 안았다. 버둥거리던 소년의 몸은 차츰 가라앉았다. 그다음부턴 그저 어서 잠이 들어 버렸으면 좋겠단 생각뿐이었다.

아침에 일어나니 짐승이 밤새 내 몸을 질질 끌고 다녔던 것처럼 쑤셨다. 현관을 나설 때까지 소년은 아무 말이 없었다. 단단히 화난 것처럼 입을 꾹 다물고만 있었다. 무슨 말이든 해야 했다. 몸 상태가 좀 별로였다는 정도면 될 것이었다.

아니면 천천히 너를 알고 싶다는 것과 서두르지 말자는 것 중에 뭐가 더 나은지 가늠하고 있었다.

입술이 막 떨어지려고 할 때 소년은 돌아서서 내게 안겼다.

"노력할게요. 그러니 한 번 더 기회를 줘요."

나는 소년의 등을 빈틈없이 쓰다듬었다.

"날 버리지 말아요. 진짜 잘할 수 있어요. 진짜……."

목소리는 누가 밟고 있는 것처럼 납작했다. 소년은 내 얼굴을 보지 않았다. 마치 들키지 않으려고 표정을 숨기는 사람처럼.

나는 무슨 말을 해 줘야 할지 몰라 망설이기만 했다. 그사이 소년은 신발을 신다가 주저앉았다. 그러고선 헐렁한 운동화 끈을 다시 조였다. 그동안 무슨 말이든 해 달라는 것처럼 보였다. 하지만 난 대답을 찾지 못하고 헤매고 있었다. 나뭇가지를 헤치고 지나가도 또 나뭇가지였다.

양쪽 모두 단단히 조인 소년은 현관문을 밀었다. 문이 잠겨 열리지 않자 그대로 멈춰 섰다. 그제야 소년은 내 얼굴을 들여다봤다. 금방 고개를 돌린 나는 소년을 빗겨 문을 열어 줬다. 문에 달린 종에서 둔중한 소리가 났다. 소리와 함께 날선 바람이 덩어리째 몰려왔다. 소년의 몸이 빠져나가고 나서도 문을 닫지 않았다. 남자가 나갈 때는 배웅하는 것 같았는데 소년이 나갈 때는 왠지 내쫓는 기분이었다. 어쨌든 이 정도면 그의 질문에 대한 답이 거의 완성되었다고 생각했다.

현관문을 잡고 밖으로 한 걸음 내디뎠다. 바닥에 닿은 맨 발에 한기가 바늘처럼 달라붙었다. 불이 켜지지 않은 복도는 어스름이 깔린 숲 같았다. 위태롭게 걷는 소년의 뒷모습이 어슴푸레 보였다. 평생 숲을 헤맬 것 같은 뒷모습이었다. 그러자 출구를 찾기도 전에 어디선가 날짐승이 소년을 낚아채 갈 것 만 같았다. 어두침침한 복도 안에 운동화가 바닥에 닿는 소리만 한 겹씩 쌓였다. 몇 걸음 가다가 소년은 주머니에서 휴대폰을 꺼내 발밑을 비췄다. 잠시 후 한결 걷기가 수월해졌는지 전보다 걸음이 조금 빨라졌다. 눈여겨보지 않으면 알아챌 수 없을 만큼 조금이었다. 뒤따라 나가려고 하다가 바래다주진 않는 편이 좋겠다는 생각이 들었다. 대신 소년의 뒷모습이 완전히 사라질 때까지 바라봤다. 건너편 어둠에 완전히 스며들 때까진 제법 오랜 시간이 걸렸다.

PART 4

동네에선 아버지를 두고 사기꾼에 협잡꾼이라고 수군거렸다. 사람들은 이사 온 집까지 몰려왔다. 한꺼번에 우르르 달려들어 붉으락푸르락한 얼굴로 나쁜 자식이라거나 개새끼라고 고함을 치다가 사라지곤 했다. 그들 중 다음 날 혼자 찾아온 사내도 있었다. 사내는 대문 앞에서 한참 뭉긋거리다가 겨우 "정말 아버지 집에 없니?"라고 물었다. 대답을 기대하는 질문은 아니었던지 이내 돌아섰다. 해 질 때까지 버티고 있었다면 어떤 식으로든 거짓말을 쳤을지도 몰랐다. 사내는 내내 아직 더 속을 게 남아 있다는 듯한 표정이었다.

　너라고 무사할 줄 아느냐고 내 등에 협박을 찔러 넣었던 아줌마도 있었다. 그때 내 걸음은 조금도 흐트러지지 않았다.

아버지에게 던진 협박이 내게도 통할 거라고 생각한다면 틀렸다. 내게 통하려면 아줌마는 다른 방식을 선택해야 했다. 며칠 지나자 무릎까지 꿇고 애원하는 사람도 있었다. 나중엔 얼굴만 봐도 무슨 얘기를 할지 알 것 같았다. 이렇게 쉽게 속내를 들키다니. 그들에게 아버지의 구라가 통했던 것도 무리는 아니었다.

마지막에 가선 다들 한목소리로 돈을 내놓으라고 했다. 그중 올 때마다 말하는 액수가 커지는 사람도 많았다. 내가 흘겨보면 서둘러 표정을 감추고 발뺌했다. 허술하기 짝이 없었다. 아버지에게 당했다는 것만 봐도 그랬다. 구라가 어설픈 아버지보다 그런 아버지에게 당한 사람들이 더 한심해 보였다. 세상에 거짓말은 딱 한 가지 종류밖에 없고, 그래서 선택할 필요도 없다고 믿는 부류였다. 나는 물러서지 않고 바짝 다가갔다. 그러면 그들은 눈을 돌려 엄마를 찾았다. 엄마는 득달같이 뛰쳐나와 악다구니를 퍼부었다.

"그래, 어디 한번 다 가져가 봐라. 뭐 가져갈 거나 있겠냐만."

그들은 아랑곳하지 않고 신발을 신은 채 집 안을 들쑤셨다. 그래 봐야 옹색한 살림이라 들고 나갈 것도 마땅찮았다. 사람들의 그림자는 수시로 곁방 문 앞을 서성거렸다. 나일론 끈이 바람에 흔들렸다. 곁방을 알아챌까 봐 식은땀이 났다.

스탠드 옷걸이에는 티셔츠와 바지 몇 벌이 걸려 있었다. 얼핏 보면 문 앞에 오래 묵은 고목나무가 버티고 있는 것 같았다. 평소보다 짙은 그림자가 문을 뒤덮었다. 다행히 자물쇠를 빼 놓은 문은 어지간해선 그림자와 구별할 수 없었다. 그제야 엄마가 왜 사람들이 몰려올 쯤엔 도리어 자물쇠를 풀어 놓은 건지 알 것 같았다.

사람들은 혼자 도드라지는 오디오 앞에서 멈췄다. 엄마는 무거워서 옮기지도 못할 거라고 못 박았다. 그래도 어슬렁거리는 낌새가 보이면 카랑카랑한 목소리를 뿜어 댔다.

"어디 한번 가져갈 테면 가져가 봐. 흠집이라도 나기만 해! 허리 나가도 난 책임 없으니 그리 알고!"

그러면 대개 떨떠름한 표정으로 침을 뱉고 돌아섰다. 엄마는 이게 다 아버지가 제대로 여물지도 않은 구라를 쳤기 때문이라고 했다. 나와 눈이 마주치면 아버지만 돌아오면 다 해결될 거라고 다독였다. 그래도 나는 시선을 거두지 않았다. 엄마는 곁방 쪽을 눈짓으로 가리켰다. 그쪽으로 고개를 돌리자 엄마가 귓가에 속삭였다. 귀한 건 다 숨겨 놨으니까 괜찮아. 그게 휘청거리는 거짓말일지라도 꽉 붙들고 있었다. 이것마저 놓치면 어디론가 휩쓸려 버릴 것만 같았다.

가끔 집에 들를 때면 아버지는 어김없이 누군가에게 멱살을 잡혔다. 그 와중에도 아버지는 아무렇지 않게 달그락거리는 이빨 사이로 구라를 내밀었다. "숨어 있다니 누가? 내가? 그게 아니라……" 하거나 "그 돈이 지금 어디에 있냐 하면……" 정도로 시간을 질질 끌었다. 옆에서 엄마는 "저 양반이 끝까지 부끄러운 줄도 모르고……" 할 뿐이었다. 뒤에 이어지는 말을 어렵지 않게 떠올릴 수 있었다. 부끄러운 줄도 모르고 어설픈 구라만 계속 뱉고 있네.

한동안 어딘가로 도망쳐 있던 아버지는 계절이 바뀌고 나서야 다시 집에 나타났다. 아침저녁으로 쌀쌀한데도 여전히 얇은 티셔츠 차림이었다. 꼭 계절이라도 속이고야 말겠다는 사람처럼 보였다. 아버지는 혹시라도 누가 볼까 싶어 연신 두리번거렸지만 표정만큼은 야무졌다. 앞으로 모든 사람을 다 속일 작정이라도 한 듯.

마루 쪽으로 향하던 걸음 끝에 단정한 목소리가 흘러나왔다. 목소리는 엄마 발밑에 고였다.

"돈 있으면 좀 줘 봐."

"집안 꼴을 보고도 그런 말이 나와? 한 푼도 없어!"

"나한테까지 공갈칠 필요가 뭐 있어."

"내가 당신 같은 줄 알아? 어디 뒤져 볼 테면 뒤져 봐. 그러다 안 나오면 진짜 너 죽고 나 죽는 거야!"

엄마가 양팔을 벌리고 아버지 앞에 우뚝 섰다. 마당을 가득 메운 그림자가 아버지를 덮쳤다. 아버지는 뒤로 주춤 물러났다.

"정말 없는 거야?"

엄마는 분명 돈이 있었을 것이다. 공갈엔 더 센 공갈로 맞서야 했다. 아버지는 한 푼이라도 나오면 다 자기가 갖는다고 야멸치게 쏘아붙였어야 했다. 하지만 아버지는 엉뚱한 방식을 택했다.

"그럼 또 둘째 마누라한테나 가 봐야겠네."

농담이었다. 농담은 진실과 거짓말 사이에 아슬아슬하게 발을 걸치고 있다. 그래서 여차하면 어디로든 도망칠 수 있는, 얼마쯤은 얍삽한 방식이다.

엄마는 조금 흔들리는가 싶더니 이내 몰아붙였다.

"갈 테면 가 봐! 내가 가만히 두고 볼 줄 알아?"

"발끈하긴! 농담도 모르는 여편네 같으니라고."

아버지는 자기가 한 말에서 은근슬쩍 발을 뺐다. 엄마는 허망한 얼굴로 대문을 나섰다. 곁으로 바짝 다가온 아버지는 내 등을 몇 번 쓸어내렸다. 그제야 협박에 찔렸던 자리가 아무는 것 같았다. 아버지는 나를 보지 않은 채 자못 묵직한 목소리로 말했다.

"금방 다 갚을 거다. 곁방에 있는 것만 팔아도 그게 얼만데. 그러니 걱정하지 마라. 아버진 끄떡없다."

나는 그것이 아버지가 뽑아낼 수 있는 최선의 거짓말이라고 생각했다.

　며칠 지나자 집으로 따지러 오는 사람들이 없어졌다. 정말 빚을 다 갚긴 갚은 모양이었다. 그러고 보면 아버지가 항상 구라만 쳤던 건 아닌 듯했다. 그날 이후 아버지는 어땠나. 내가 얼마나 더 노련해져야 그때의 아버지도 마음대로 꾸며 낼 수 있을까. 그 물음 끝엔 그날 아버지가 혼잣말처럼 되뇌던 말이 따라붙었다. 매가리가 없어 넘실거리던 목소리였다.

　"네가 크면 최소한 나보단 나은 사람이 되어야 할 텐데."

　그게 꼭 아버지보다 거짓말을 잘 쳐야 한다는 소리처럼 들렸다. 정말 아버지보다 거짓말을 잘 칠 수 있을까.

　소년의 옆에 누웠을 때 확신은 묽어져 물음으로 바뀌었다. 남자의 단단한 등을 바라보고 있을 때도 다르지 않았다. 그날 내 몸은 속지 않았다. 딱딱하게 굳는가 싶더니 입술을 비집고 한숨이 흘러나왔다. 아무리 떨리고 설레는 척 굴려고 해도 몸은 줄기차게 정직하기만 했다. 몸에는 앞으로 어떤 것에도 속지 않겠다는 결의가 어지러운 흉터처럼 번져 있었다. 어쩌면 이제껏 아무도 속지 않을 형편없는 구라만 치고 있었던 건 아닐까. 아버지보다 더 잘 치기는커녕 아버지만큼도 못 쳤던 걸지도 모른다. 구라가 필요할 때 공감을 치고 슬쩍 뭉뚱그려야 할 때 날을 세웠던 것일 수도 있다. 이대로 가만히 있다간 모조리 들통날 것이다. 당장이라도 누군가 내게 따지며

멱살을 잡을 것 같다. 그래도 난 아버지처럼 이빨 사이로 구라를 풀 수 있을까. 부끄러운 줄도 모르고 아무렇지 않은 듯.

거짓말을 다잡아야 한다. 먼저 나이부터 떠올려 본다. 틈틈이 떠올려 두지 않으면 누가 물어보기 전에는 내내 잊고 살 것이다. 얼굴은 그럭저럭 서른으로 보인다. 끝까지 우긴다면 결국 믿을 것이다. 믿을 수밖에 없을 것이다.

서른은 나이가 든다는 것이 더 이상 성장으로 정의되지 않는다. 이제는 퇴화와 유지에 가까워진다. 지금까지 해 왔던 성장을 하나씩 잃는 것으로 시간을 보낸다. 몸의 변화는 자연스러운 흐름이 아니라 질병의 신호일 때가 잦다. 앞으로 이제껏 한 번도 생각해 보지 않았던 질병에 노출될 것이다. 뭘 시작하기에도 마무리 짓기에 애매한 나이도 서른이다. 하지만 그래도 아직은 괜찮다는 위로가 먹히는 나이. 그런 위로로 몇 년쯤은 버틸 수 있을 것이다. 버티다 보면 어느 순간 훌쩍 나이가 들어 있을 것이다. 그래도 걱정할 필요는 없다. 그때가 되면 자격증에 홀로그램이 붙어 있을 것이다. 그 안에는 마흔 둘이나 환갑에 어울리는 거짓말도 있겠지.

그러고 보니 1급도 못 딴 채 청춘이 저만치 물러나고 있는 것 같다. 청춘일 땐 그것이 청춘인지도 모르고 지내고 싶었다. 그래서 청춘이라서 드는 의무감과 강박을 뚝뚝 분지르고 싶었다. 나중에 시간이 흐르고 나서야 깨닫는다면 좋을 텐데.

돌이켜 보니 그때가 청춘이었다고. 그럼 지나간 청춘을 그리워하며 또 몇 년을 보낼 수도 있을 것이다. 그때 겪었던 두꺼운 고민과 외로움과 불안을 밀대로 얇게 밀면서. 그건 청춘을 지나온 사람만이 가질 수 있는 특권이다. 거짓말만 있다면 특권은 아무 때나 가질 수 있다. 그러니 청춘을 지나 도달한 지금이 막상 별 볼 일 없다고 해도 괜찮다.

다시 거짓말 치면 되니까.

한꺼번에 서른으로 훌쩍 뛰어든 것처럼 몸이 노곤해진다. 이제 남은 건 남자와 소년뿐이다. 둘 중 하나를 선택하는 순간 청춘을 통과해 버릴 것 같다. 완전히 통과했을 때 손에 1급 자격증이 있었으면 좋겠다.

얼마 전 보름 가까이 하루에 두 번씩 꼬박꼬박 택배를 받았던 적이 있다. 이른 아침 초인종이 울릴 때도 있었고 자려고 눕는 순간 번들거리는 얼굴을 내미는 택배 기사도 있었다. 그때마다 빠짐없이 문을 열었다. 나중엔 택배 기사가 종일 집에 있는 여자를 수상쩍게 여길 수도 있겠다는 생각이 들었다. 그래서 뭐하는 사람이냐고 물을 때 칠 수 있는 거짓말을 잔뜩 준비해 뒀다. 하지만 준비해 둔 거짓말이 상할 때까지 아무도 내게 묻지 않았다. 유통기한이 지난 거짓말은 미련 없이 쓰레기통에 넣었다. 그것만으로도 홀로그램 속 그림을 하나 더 완성한 기분이 들었다.

택배를 받는 짧은 시간 동안 다섯 가지 항목을 체크해야 했다. 먼저 도착한 시각부터. 늦잠을 잔 날이면 일어나자마자 택배가 오니 빨리 온 것처럼 느껴지기도 했다. 하지만 기록해야 할 것은 도착 시각뿐이라는 걸 뒤늦게 깨달았다. 다음은 택배 기사의 인상착의와 행동이었다. 작업복은 제대로 갖춰 입었는지 인사는 했는지 택배를 주면서 웃었는지 찡그렸는지 그리고 부재중일 때에는 어떻게 행동했는지 정도였다. 대부분 모자를 푹 눌러쓰고 있어서 얼굴을 제대로 알아볼 수 없었다. 서둘러 돌아서는 바람에 상자를 건네주는 손만 겨우 볼 때도 있었다. 그럴 때면 웃었는지 아니면 혹시 울었는지 알 수 없었다. 목소리를 떠올려 봐도 좀처럼 짐작이 가지 않았다. 그러다 보면 얼굴을 봤다고 해도 그것이 어떤 표정인지 제대로 읽을 수 없을 것만 같았다.

보고서는 '예전에 오던 택배 기사보단 깔끔한 인상이었고 친절한 편이었다.'라고 쓴 문장에서 지적을 받았다. 모호하거나 감상적인 표현 때문인 줄 알았다. 하지만 의뢰 업체에서는 조금 이상한 얘기를 했다. 이 구역의 담당자가 몇 년째 그대로라는 것이었다. 그럼 더러운 장갑을 낀 손으로 물건을 줬다거나 미간을 잔뜩 찌푸린 채 내 얼굴을 노려봤다는 문장은 맞는 걸까.

의뢰 업체에서는 특히 부재중일 때 택배 기사의 행동을 꼼꼼히 확인해 달라고 했다. 그러려면 집에 아무도 없는 척해야 했다. 택배 기사가 도착하는 시각은 매일 달랐다. 그러니 종일 불도 켜지 않고 텔레비전도 끌 수밖에 없었다. 변기에 물 내리는 소리도 밖에서 들릴지 몰랐다. 수도꼭지에서 물방울이 떨어지는 소리는 집 안을 뒤흔들었다. 나는 현관문 근처에 옹송그리고 앉았다. 곧 노크가 몇 번 이어졌다. 이어서 발로 문을 차는 소리가 들렸다. 속으로 여러 번 중얼거렸다. 나는 없는 사람이다, 없는 사람이다. 왠지 처음 자격증을 준비하던 때로 돌아간 것만 같았다. 한때 나는 내가 진실하다고 믿은 적도 있었다. 적어도 나에게만큼은 진실하다고.

잠깐 조용해지는가 싶더니 중중거리는 소리가 들렸다. 욕설인 것도 같았지만 정확하지 않아 보고서엔 쓸 수 없었다. 이제 내게 전화를 걸 것이었다. 전화기는 이미 꺼 놓았다. 곧 밖에서 제법 굵은 목소리로 발음되는 이름이 들렸다. 내 이름이 맞나. 분명히 맞을 텐데도 생경했다. 혹시 의뢰 업체에서 지정해 준 이름이었을까. 그럼 내 진짜 이름은 뭐였더라.

택배 기사는 몇 번 더 이름을 불렀다. 부를 때마다 다른 이름을 외치는 것 같았다. 그중 몇 번째가 내 이름인지 가늠하는 사이 술렁이던 밖은 조용해졌다. 옆집에 맡기고 갔는지 문 앞에 두고 사라졌는지 내일 다시 올 예정이라는 쪽지를 붙여 놓았는지 확인해야 했다. 문 앞에 그냥 두고 갔을 경우엔 별점을 깎아야 했다.

현관문을 여는 순간 담배를 꺼내 물던 택배 기사와 눈이 딱 마주쳤다. 표정을 숨기고 어떤 목소리든 바로 튕겨 나와야만 했다. 하지만 입은 조금도 벌어지지 않았다. 쓰레기통을 뒤져서 유통기한이 지난 거짓말이라도 던져야 했다. 먼저 복도에서 담배를 피우면 안 된다고 하는 게 나을 것 같았다. 담배 연기는 택배 기사의 얼굴을 지우고 있었다. 겨우 입을 벌렸지만 입안에선 바람 한 점 나오지 않았다. 그때까지 택배 기사의 표정은 눈과 입을 도려낸 것처럼 읽어 낼 수 없었다. 택배 기사는 상자를 떠안기다시피 주고 갔다. 부재중일 때 택배 기사의 행동은 지어서 써야만 했다. 의뢰 업체가 원하는 것처럼 객관적으로.

상자는 대부분 '취급 주의'라고 박혀 있었다. 하지만 상자에 들어 있는 건 별거 아니었다. 벽돌이 들어 있거나 스티로폼과 신문지로 꽉 찬 상자가 대부분이었다. 간혹 생수 한 병이 들어 있는 상자도 있었다. 다음에 열어 볼 상자도 다를 리없었다. 그래도 밀봉된 상자를 하나씩 열어 봤다. 열어 본 상자는 현관에 쌓아 뒀다. 나갈 때 들고 나가 버릴 생각이었는데 매번 잊었다. 가끔 무슨 물건을 이렇게 많이 사들였는지도저히 알 수 없을 때도 있었다. 하지만 다행히 곧 무슨 상자

인지 떠올랐다. 떠오르는 데 걸리는 시간이 아주 조금씩 길어
지고 있다는 건 몰랐다.

마지막 택배까지 받았을 땐 상자가 천장까지 쌓여 있었다.
세어 보니 딱 내 나이 만큼이었다. 익명으로 온 상자를 받아
하나씩 쌓았던 게 나이를 깨닫게 해 주었다. 그 전까진 거부
하거나 애써 외면했을 뿐이었다. 그게 스물일곱인지 마흔인지
도 모르고 그랬다. 그땐 너무 많은 나이를 뒤죽박죽 지나와서
그런 줄로만 알았다. 그제야 몸도 조금 더 나이에 맞춰졌다.
눈썹도 손톱이 자란 모양까지도 몽땅 서른을 향해 있었다.
나이도 이름도 성격도 전부 잊지 않겠다고 다짐했다. 이 정도
면 남자도 소년도 끝까지 의심하지 않을 것이었다.

상자를 처리하기 위해 남자에게 연락하기로 했다. 그녀는
내게 남자가 바쁜 시간을 일러 줬다. 예전에 남자가 알려 준
거니 정확하다고 덧붙였다. 남자가 거짓말을 칠 가능성에 대
해서는 아예 생각하지 않는 듯했다. 모든 가능성을 열어 두
는 건 자격증을 따기 위한 첫걸음이다. 나는 그녀가 일러 준
시간에 맞춰 전화를 걸었다. 그녀는 남자가 바쁠 때도 내 전
화를 받는지 궁금하다고 했다. 전에는 나와 단둘이 있을 때
도 남자가 그녀의 전화를 받는지 궁금해했다. 그때 그녀는 금
방이라도 달려올 기세였지만 결국 그러지 못했다. 나는 그때
이미 답이 나온 게 아닌가 싶었다. 하지만 그녀의 생각은 달

랐다. 그녀는 남자가 나를 억지로 만나고 있다고 생각했다.

내가 그녀에게 알려 줄 수 있는 건 남자가 바쁜 시간에도 내 전화를 받았다는 것이었다. 그녀의 반응은 짐작대로였다. 처음에는 거부하고 이내 의심하더니 결국 한 번만으론 부족하다고 했다. 나는 몇 번을 반복해도 달라질 게 없다는 걸 알았다. 하지만 그녀는 몰랐다. 모르는 척하는 것일 수도 있었다.

"걱정하지 마십시오. 아는 고물상이 있습니다. 근처니까 금방 가겠습니다."

남자는 걱정하지 말라는 얘기를 자주 했다. 뒤에는 그 문제를 단번에 해결할 방법을 말해 줄 때도 있었지만 아닐 때도 있었다. "원래 일이 그렇게 될 모양이었나 봅니다."라거나 "그래도 우리가 함께 있다는 건 다행입니다."라고 덧붙일 때도 많았다. 엉뚱한 대답이라고 생각했는데 매번 대화는 어긋남 없이 잘 맞물렸다. 그녀는 '엉뚱한 대답'에 밑줄을 그었다. 그것을 남자가 나와의 대화를 귀찮아한다는 뜻으로 이해했다.

늦지 않게 미리 집 앞에 나가 있었다. 상자는 들고 나올 수 있을 만큼 내놓았다. 얼마 지나지 않아 남자의 택시가 보였다. 택시를 보며 처음 우리가 만났던 날로부터 얼마나 지난 건지 가늠해 봤다.

"왜 먼저 나와 있었습니까?"

"기다리게 하기 싫어서요."

"이러니 제가 사랑하지 않을 수 있겠습니까?"

남자는 최상의 신선도를 가진 거짓말을 골라 내밀었다. 언제 들어도 뼛속까지 상큼해지는 거짓말이었다.

"나에겐 당신뿐이에요."

내 목소리가 남자에게도 상큼하게 들렸기를 바랐다. 그때 앞서 걷던 남자가 별안간 멈춰서 돌아봤다. 가까스로 남자와 부딪히는 걸 피했다.

"그래도 앞으론 집에서 기다리십시오. 살면서 너무 시간에 얽매이는 건 싫습니다."

표정을 살피기도 전에 남자는 돌아섰다. 돌아선 남자는 택시에서 칼을 꺼내 상자에 붙은 테이프를 뜯어냈다. 그다음 착착 접어 납작하게 만든 뒤에 트렁크에 실었다. 그사이 나는 상자를 더 들고 나왔다. 곧 그 많은 상자가 진짜 있었나 싶을 정도로 현관이 휑해졌다.

남자가 칼을 공구 상자에 집어넣을 때 슬쩍 엿보니 안에 많은 연장이 들어 있었다. 내가 보는 걸 알았는지 남자가 심드렁하게 말했다.

"이런 건 기본으로 갖추고 있어야 합니다. 언제 필요할지 모르니."

나에게는 남자가 거짓말을 두고 하는 말처럼 들렸다.

"링 스패너도 있네요? 핵소에 오함마까지⋯⋯. 나중에 한 번 구경시켜 줘요."

남자가 내 얼굴을 훑어봤다. 겨우 덧셈과 뺄셈을 익혔는데 구구단이 나타났을 때의 표정이 떠올랐다가 가라앉았다.

상자를 버릴 때 소년을 부르지 않고 남자를 부른 건 단지 차가 있어서만은 아니었다. 소년에게는 상자에 대해서 일일이 알려 줘야 했다. 왜 내게 빈 상자가 이렇게 많은지, 상자는 누가 보냈는지. 소년에게는 그게 사랑이었다. 서로 숨김없이 거의 모든 것을 알고 있는 것. 수치스럽고 너절한 모습까지도 전부.

남자는 입을 닫아야 하는 순간을 알았다. 진실을 알기 위해선 더 정교하게 묻는 게 아니라 아무것도 묻지 않아야 한다는 것도. 단지 상자를 싣고 그것을 버릴 만한 곳으로 가 주는 것만이 최선임을 눈치챘을 것이었다. 남자는 날 어디로든 데려다 줄 수 있었다. 소년은 내가 같이 가자고 하면 그게 어디라도 따라나섰다. 둘 다 사랑인 것 같기도 하고 아닌 것 같기도 했다.

교외로 빠지는가 싶더니 얼마 안 가 고물상이 나왔다. 입구에 차를 세워 두고 접힌 상자를 내려놓았다. 남자는 가장 큰 상자부터 바닥에 펼쳐 놓았다. 그리고 그 위에 작은 상자를 놓았다. 크기대로 상자를 포개자 서른 개의 상자가 확연히 줄어 보였다.

고물상까지 오는 동안 택시를 잡는 사람은 하나도 없었다. 시내를 빠져나올 때까지도 그랬다. 내가 묻자 남자는 원래 이 시간엔 손님이 없다고 했다. 그녀는 잘못 알고 있었다. 무슨 이유인지는 모르지만 남자는 그녀에게 거짓말을 친 것이었다. 나한테도 그랬던 것처럼. 그걸 깨닫자 남자의 얼굴이 언젠가 예식장에서 마주쳤던 수많은 얼굴 사이로 숨었다. 그때 나는 가이드북과 현실이 자주 어긋난다고 생각했다. 여행 가이드북에서 일러 준 대로 거대한 호수를 찾아갔지만 막상 가 보면 조금 큰 웅덩이에 불과해 보이거나 이미 몇 년 전 지진으로 사라진 유적지를 찾아 헤맨 것처럼.

상자쯤은 재활용 쓰레기장에 놔둬도 된다는 걸 알고 있었다. 굳이 택시를 타고 나올 필요는 없었다. 남자도 모르진 않았을 것이다. 그래도 남자는 끝까지 아무것도 묻지 않았다. 무심한 건지 배려인 건지 헷갈렸다. 답은 손에 잡힐 것 같으면서도 번번이 손가락 사이로 흩어졌다. 돌아오는 길에 남자를 더 알고 싶었다. 어쩌면 나에 대해 알고 싶은 건지도 몰랐다.

"합승해요."

"뭐라고 했습니까?"

"저기 택시 잡는 사람 있잖아요. 일단 태우고 저도 같은 방향이라고 해요."

"집에 안 들어갑니까?"

"오늘은 같이 있고 싶어요."

"그럼 차라리 모텔은 어떻습니까? 저기 하나 보입니다."

나는 시선을 돌리자마자 막 터져 나오려는 목소리를 막았다. 천천히 숨을 가다듬었다.

"린스요?"

"아뇨, 프린스."

프린스는 그녀가 알려 줬던 모텔이었다. 내가 두 번째로 남자와 하룻밤을 보낸 후 만났을 때였다. 그녀는 남자와 처음 잤던 곳이 프린스라는 모텔이라고 했다. 이어지는 그녀의 얼굴과 목소리에는 프린스만은 가지 말라는 경고가 배어 있었다. 그때 나중에 프린스를 가게 된다면 그녀에게 말해야 할지 숨겨야 할지 생각해 봤다. 그녀에게도 거짓말을 치는 게 맞는 건지.

"원래 프린스입니다. 간판이 망가져서 '프'에만 불이 안 켜져 있는 겁니다."

그것까지 알아보기엔 모텔이 너무 멀리 있었다. 내가 먼저 프린스라고 말했다면 아찔할 뻔했다. 한편으론 질서정연한 거짓말만 늘어놓던 남자가 돌연 다시 흐트러지는 게 의아했다. 혹시 뭔가 알아채고 나를 떠보는 게 아닌가 하는 생각이 들었다. 이미 그녀와 내가 만났다는 걸 알았을지도 몰랐다. 함정이라면 이제 내가 공격할 차례였다.

"멀리서도 모텔 이름이 보여요?"

"네?"

"혹시 저기 가 봤어요?"

"아뇨."

목소리는 네모반듯했다. 남자는 진짜 그렇게 생각하고 있을지도 몰랐다. 그녀와 프린스에 갔던 건 다 잊었을 수도 있다. 그때까지도 거짓말을 친 게 그녀일지도 모른다는 생각은 들지 않았다.

그날 남자는 택시에 아무도 태우지 않았다.

상자에 특별한 것이 들어 있지 않다는 것을 알면서도 결국 끝까지 열어 봤다. 서른은 그렇게 왔고 남은 나이도 그런 식으로 차근차근 올 것이었다. 이름이나 취미, 가족 관계라고 다를 건 없었다.

만약 밀봉된 서른한 번째 상자를 받는다면 그것을 열어 보지 않을 자신이 없다. 그 안에 든 것이 남자든 소년이든.

설사 아무것도 없는 빈 상자라 해도.

한 달 가까이 엄마는 집에만 박혀 있었다. 하객 대행업체에서 더는 찾지 않는 눈치였다. 아무래도 재심사에서 자격정지를 당한 모양이었다. 그동안 벌점이 그만큼이나 쌓였던 걸까. 누구의 엄마를 맡았는지 헤매던 날 실수를 한 게 분명했다. 그날부터 엄마는 입을 앙다물었다. 이제 아무도 자기 말을 믿어 주지 않을 거라고 생각하는 사람처럼. 누구의 이름을 잘못 부른 것일까. 지난주에 아들이었던 남자의 이름과 헛갈렸을까. 아니면 세 번이나 딸이었던, 지나치게 흔해서 외울 필요도 없다던 이름을 불렀을까. 나는 엄마가 내 이름을 불러서 들통난 것이었으면 좋겠다고 생각했다.

두 달째 접어들면서 엄마는 목욕탕에 다니기 시작했다. 가라고 할 때는 귓등으로도 안 듣더니 나중엔 거의 종일 있다가 저녁쯤 돌아오곤 했다. 그러다 보니 같이 몰려다니는 여자들이 생긴 모양이었다. 닮은 데라곤 억지로 찾아보려 해도 없는 여자들이었다. 나이도 제각각이었고 몸집이나 고향을 따져 봐도 그랬다. 지나치게 수다스러운 이가 있는가 하면 목소리가 어땠는지 도통 기억이 나지 않을 정도로 과묵한 이도 끼어 있었다. 몇 번 그러던 것이 아예 모종의 모임으로 굳어졌다. 무리 안에 회장도 생기도 총무도 생겼다고 했다. 곧 암묵적인 규칙도 생겼다. 이를테면 10분 이상 늦으면 목욕을 마치고 우유 한 팩씩 돌린다거나 하는 식이었다.

집에 들른 나는 목욕탕에서 돌아온 엄마에게 따지듯 물었다.

"거기서 여자들한테 또 무슨 공갈을 치려고?"

"목욕탕에선 못 쳐."

"왜?"

"옷을 홀랑 벗은 채 마주 앉아 있어서 그런가. 나이 하나 속이는 것도 만만찮더라."

탕 안에 들어가는 것에도 순서가 있다고 했다. 일렬로 선 다음 나이순으로 차례차례. 내가 아는 엄마라면 나이를 속여 제일 먼저 탕 안에 들어갔을 것이다. 하지만 엄마는 입도 뻥 긋 못했다. 분명 자기보다 훨씬 젊어 보이는 여자가, 이래 뵈 도 그쪽보다 나이가 한참 많다고 우기며 앞에 버티고 섰을 때 도 잠자코 있었다고 했다. 주민등록증 까 보라고 덤비면 그 여자가 "까 봐서 아니면 어쩔 건데?" 하며 받아칠까 봐 문득 겁이 났다는 것이다. 거짓말에 대한 두려움을 없애는 건 이미 오래전에 지나온 과정이었다. 마치 수영을 하기 전에 물에 대 한 두려움부터 없애야 하는 것처럼.

엄마는 목욕탕에서만 공갈을 치지 못하는 게 아니었다. 이 제는 집에서도 마트나 길거리에서도 잘 치지 못했다. 심지어 나에게도.

"뻥치는 거 아냐? 엄마 나이도 모르면서 많다고 우기는 여 자가 있다고? 그리고 목욕탕 갔다 오는 건 맞지? 어디 딴 데 들렀다 오는 거 아냐?"

진짜인 걸 알면서도 물고 늘어졌다. 나라도 엄마를 의심해야 할 것 같았다. 그래야 엄마의 거짓말이 완전히 사라지지 않을 것이었다.

엄마는 아랫입술을 깨물었다.

"이러다 나도 네 아버지처럼 되면 어쩌니."

처음에 나는 그게 무슨 뜻을 품고 있는지 몰랐다.

어느덧 엄마는 중간쯤 탕에 들어갔다. 그사이 몇몇 여자들이 빠지고 또 새로 들어오고 했던 모양이었다. 그쯤 엄마는 다른 여자들이 하는 말에 깜빡 속고 들어오는 날이 잦았다. 처음 보는 사람도 도통 의심하는 법이 없었다. 어느새 방 한 구석에는 황토 찜질팩이나 믹서, 홍삼 음료수가 켜켜이 쌓여갔다.

"이거만 한 게 없다더라. 그이가 아는 사람도 이거 하나로 오래 앓던 당뇨를 고쳤다는구나."

그때마다 하나하나 꼬집듯 짚어 줬다. 예전 같았으면 자기도 다 안다고 으스댔을 엄마는 고개를 기울이기만 했다. 내 말을 믿어야 할지 여자들 말을 믿어야 할지 긴가민가한 것 같았다. 엄마는 미미한 허풍도 알아보지 못하고 휩쓸렸다. 입에서는 허약하고 쓸데없이 살만 뒤룩뒤룩 찐 거짓말만 나왔다. 그 정도로는 누구도 협박할 수 없었다.

"싸게 샀어. 그리고 그럴 여자처럼 안 보이던데."

목소리는 흐물흐물했다.

몇 천 원이면 사는 치약이나 비누마저 몇 배를 물고 사 왔을 땐 나도 모르게 소리를 빽 질렀다. 왜 자꾸 속고 들어오느냐고. 정말 늙어서 그런 거냐고. 시무룩해진 엄마는 한동안 말이 없었다. 내가 일어서자 그제야 겨우 입을 뗐다. 몸을 조금만 움직여도 들리지 않을 만큼 작은 목소리였다.

"늙었다고 잘 속는 줄 아니?"

"그럼?"

"잘 속는 사람은 따로 있어."

"그게 누군데?"

"누구긴 누구야. 기댈 곳 없는 사람들이지. 그런 사람들이 어물쩍 거짓말에 기대는 거야."

그건 늙어서도 받는 산타의 선물처럼 거짓말쟁이들만이 가질 수 있는 것이었다.

슬그머니 자리에 앉자 엄마는 처음인 것처럼 목욕탕 얘기를 꺼냈다. 한꺼번에 우르르 몰려가면 창피할 것도 없다고 했다. 오히려 다른 사람들이 머쓱해서 자리를 피하거나 물만 대충 끼얹고 도망치듯 나간다고 했다. 무슨 소린가 싶어 돌아보자 엄마는 윗옷을 벗었다. 순식간에 뿌연 몸이 드러났다. 내 시선은 한곳에 붙박였다.

한쪽 가슴이 없었다.

한 번도 엄마의 가슴을 의심해 본 적이 없었다. 가슴이 있어야 할 자리가 밋밋할 거라고는. 대개 그렇듯 그냥 거기에 잘 있는 줄 알았다. 나중엔 거기 있다는 것조차 따로 생각해 보지 않았다. 그러자 시선이 부산하게 흩어졌다. 쇄골이나 팔꿈치 같은 건 제자리에 잘 있는 건지 궁금했다. 가슴이 떨어져 나간 자리를 이제껏 공갈과 구라와 농담과 시치미 떼기가 두툼하게 메우고 있었다. 빈 가슴은 엄마가 나에게 쳤던 최초의 거짓말이었던 셈이다.

"네 아버지는 정말 형편없는 사람이었어."

"엄마가 문신 때문에 목욕탕을 못 다닌다고 해서?"

"문신 때문이라고? 하여튼 그것도 구라라고. 그게 아니라 엄마 가슴을 보더니 괜찮대. 그래도 예쁘고 사랑한대."

"그 말은 진짜일 수도 있잖아."

"한 번도 만져 보지 않더라. 슬금슬금 피하기만 하고. 그렇게 어설퍼서야 무슨 일을 한다고. 거짓말이 나쁜 게 아냐. 어설픈 거짓말이 나쁜 거지."

언젠가 들었던 말이 무슨 뜻이었는지 어렴풋이 알 수 있을 것 같았다.

평생 목욕탕은 못 갈 거라고 생각했던 엄마는 같은 수술을 받은 사람들과 떼를 지어 몰려다녔다. 모두 엄마와 비슷한 생각을 했던 사람들이었다. 그제야 왜 닮은 데라곤 하나도 없는 여자들이 어울려 다녔던 건지도 알 수 있었다.

"나한테 말하지 그랬어. 나랑 같이 가면 되잖아. 그래도 되는데……."

목소리가 너무 떨렸다. 눈을 마주치지 않고 말한 것도 신경 쓰였다. 말꼬리마저 너무 길었다. 분명하게 끝맺었어야 했는데. 엄마는 이 말을 진짜로 알아들었을까. 꼭 속아 줬으면 좋겠는데.

"그걸 어떻게 말하니? 속일 수 있을 때까진 속여야지."

먼 산처럼 엄마를 건너다봤다. 공갈이라곤 한 번도 쳐 본 적 없을 것 같은 보들보들한 목소리가 귓바퀴에 내려앉았다.

"말만이라도 고마워."

엄마는 시선을 트는가 싶더니 말을 이어 나갔다.

"그래도 그렇게 떼로 가면 가슴 온전한 것들이 외려 이상하게 느껴지는 거 있지."

그날부터 엄마는 평생 숨기려 했던 것을 하나씩 들려줬다. 내 저금통에서 잔돈을 꺼내 쓰고 나에게는 야지랑스럽게 저금 좀 많이 하라고 했던 일처럼 사소한 것부터 굳이 알아서 좋을 게 없을 것까지 낱낱이. 자격정지 기간을 줄이려면 진실이 아니라 더 튼실한 거짓말을 말해야 했다. 하지만 엄마는 알고 있는 듯했다. 다시 거짓말을 치기엔 이미 늦어 버렸다는 것을. 상황에 맞지 않는 거짓말을 선택하는 것을 지나서 이제는 선택할 수 있는 거짓말조차 거의 남아 있지 않다는 것을. 엄마 말마따나 어설프게 칠 거면 차라리 솔직하게 털어놓는 게 나았다. 나는 어떤 건 묵인했고 어떤 건 믿을지 말지 망설였다. 의심을 곤두세우고 끝까지 부정했던 것도 있었다.

"네 아버지가 잠깐 딴살림 차린 것도 알고 있었어. 둘째 마누라 얘긴 진짜더라. 어쩐지 그 말은 유창하게 잘 뽑아낸다 싶더니."

엄마가 말하는 잠깐이 누군가에게는 긴 시간으로 느껴질 거란 생각이 들었다. 내가 입만 열고 아무 말도 못하자 엄마가 덧붙였다.

"구라도 못 치는 양반이 농담이라고 잘 던졌겠니?"

"그래서 뭐라고 했어?"

"아무 말 안 했어. 아버지는 딱 잡아떼더라. 애먼 사람 의심한다고 길길이 날뛰더라고."

"엄만 가만히 있었어?"

"나 하나 속으면 된단 생각이 들었어. 실은 난 네 아버지가 솔직하게 고백하고 갈라서자고 할까 봐, 그게 더 겁났어. 어쨌든 어설프더라도 구라를 친다는 건 나한테 뭔가 원하는 게 있다는 거잖니. 그게 사랑이 아니더라도 난, ……난 그걸로 괜찮았어."

마지막에 가선 목소리의 높낮이가 뒤죽박죽이었다. 호흡도 고르지 못했다. 중간에 헛기침까지 여러 번 섞여 있었다.

"사랑인지 아닌지 어떻게 알아?"

"나한텐 그년을 꽁꽁 숨겼는데 그년한텐 내 얘기 다 했더라. 그년은 나에 대해 다 알고 있더라고. 원래 더 귀한 걸 뒤로 숨기는 법이야."

나는 가느다랗게 떨리는 엄마의 손을 바라봤다.

"그럼 반지도?"

"말해 뭐해."

"반지마저 가짜였다고?"

"들켰을 때나 가짜지 속었으면 그건 진짜야. 그러니까 나만 계속 속으면 돼. 그럼 다 진짜인 거야."

진실을 마주하고 온전하게 받아들이는 건 주먹만 한 호두를 통째로 삼키는 것 같았다.

앞으로 엄마는 진짜 공갈을 치지 않을 작정인 것 같았다. 그게 엄마의 속셈이었으면 좋겠다고 생각했다. 아무도 믿어 주지 않으니 한동안 진실만 얘기하는 걸로 신뢰를 쌓아 두려는 속셈. 그래서 내가 엄마 말이라면 무조건 다 믿기 시작할 때쯤 다시 뒤통수를 후려치듯 멋진 공갈을 던져 주길 바랐다.

엄마의 가슴에 귀를 댔다. 가슴에 얹힌 머리는 어딘지 모르게 불편했다. 편안한 자리를 찾으려고 머리를 이리저리 굴려 봤다. 좀처럼 맞아떨어지는 자리가 없었다. 그사이 엄마의 목소리가 가슴을 통해 들렸다. 목소리 위로 숨소리가 겹쳐졌다.

"이렇게 태연한 척 안기다니. 넌 아마 어딜 가든 잘 살 거야."

엄마는 슬그머니 내 뒤통수를 어루만졌다. 한동안 그러고 있던 엄마는 떠듬떠듬 말을 이어 나갔다.

"네 아버지 지금 요양원에 있어. 아버지 같은 사람들만 전문적으로 돌봐 주는 덴가 봐."

고개를 들어 엄마를 바라봤다. 시선이 얽히자 좀 더 가까이 들여다봤다. 어떤 것도 이 말이 진실인지 아닌지 말해 주지 못했다. 그래도 시선을 거두지 않았다. 끝까지 거짓말의 징후는 찾아볼 수 없었다. 그래서 더 의심스러웠다. 어쩌면 어느 순간 아버지는 무엇으로부터 방어하려고 구라를 쳤던 것인지조차 잊어버렸던 게 아닐까.

엄마는 피시식 바람 빠지는 소리를 냈다.

"여전히 구라는 어설프더구나."

방으로 돌아가는 길에 멀리 반짝이는 것이 보였다. 얼핏 누군가 내게 이쪽으로 오라고 손짓하는 것 같았다. 사방이 어두운 골목길에서 그것 하나만 도드라졌다. 걸음이 빨라졌다. 동시에 허공을 딛는 것처럼 걸음이 뒤틀렸다. 아무것도 확신하고 싶지 않았다. 얼굴로 불어오는 바람마저 믿을 수 없었다. 의심은 점점 부풀어 엄마의 푹 꺼진 한쪽 가슴도 남자의 택시도 휴대폰 불빛으로 발아래를 비추며 걷던 소년의 뒷모습도 흐트러뜨렸다. 요양원에 있다는 아버지와 함께 곧내 나이도 이름도 몸도 한꺼번에 어둠 속에 파묻힐 것만 같았다.

거의 뛰다시피 왔을 때 조악한 멜로디가 울렸다. 남자의 점수는 아직도 펀치 머신에서 최고점이었다. 그사이 누구도 그 점수를 깨진 못한 모양이었다. 다시 한 번 남자가 세운 점수가 반짝, 빛났다. 이제 내겐 그것만이 또렷하게 남아 있는 것 같았다. 남자에 대해 말해야 한다면 어떤 것도 주관적이지 않을 자신이 없었다. 만약 객관적으로 말할 수 있는 게 있다면 그중 하나는 펀치 머신에서 세운 남자의 기록일 것이었다. 펀치 머신 앞으로 바짝 다가갔다. 남자의 점수에 눈이 시큰거렸다.

언젠가 나도 허름해질 것 같았다. 그러면 누구도 속이지 못하고 거짓말도 알아채지 못할 것이었다. 숨겨야 할 건 다 드러내 버리고 정작 말하고 싶은 건 죄다 왜곡시킬지도 몰랐다. 그러다 엄마처럼 더 늦기 전에 서둘러 진실을 다 토해 내 버릴지도.

거짓말이라고 생각하고 내뱉는다면 결국 거짓말이 된다.

들켰을 때도 당당하고 뻔뻔해지려면 그것을 진실이라고 생각해야 한다. 예전엔 거짓말을 치고 있다는 생각조차 하지 않았다. 그런데 언제부턴가 거짓말을 또렷하게 의식하면서 쳤다. 지금 던진 게 잘 통할지 가늠해 본다는 건 이미 허술하다는 뜻일지도 모른다. 아무래도 그때 이미 거짓말이 노쇠해지기 시작한 것 같다.

"저는 누나 뜻을 따를 거예요."

또 말문이 막힌다. 머릿속에 맴돌던 거짓말은 바람 빠진 풍선처럼 쪼그라든다. 늦지 않게 새로운 거짓말을 불어넣어야 한다. 하지만 그새 또 다른 주름이 잡히고 있다. 탄력 있게 주고받아 보려고 해도 내 입에선 쭈글쭈글한 목소리만 흘러내린다.

"그러니까 말이지……."

문득 이럴 때 아버지라면 무슨 구라를 던졌을지 궁금해진다. 일단 메시지를 보낸다. 소년은 궁금한 듯 엉덩이를 조금 들썩인다. 하지만 아무것도 묻진 않는다. 전송하고 난 뒤에도 계속 휴대폰을 보고 있다. 다시 소년의 얼굴을 마주할 엄두가 나질 않는다. 더 기다려 봐야 뾰족하고 날쌘 거짓말이 나올 리 없을 것이다. 그사이 혀가 두꺼워진 것 같다. 한 번 떠보기라도 해야겠다. 그게 침묵을 이어 나가는 것보단 나을 테니.

"네가 원하는 대답이 뭐야?"

"누나, 정말⋯⋯."

소년이 냅킨으로 눈 밑을 찍어 누른다. 눈가에 눈물이 살짝 고였던 것도 같다. 소년이 내 어깨에 기댔을 땐 나도 눈물이 살짝 돌았었다. 처음에는 과장이었다. 하지만 나중엔 굵은 눈물이 흘러내렸다. 아직도 그게 뛰어난 거짓인지 아니면 거짓이 무너지기 시작했다는 신호인지 모르겠다. 소년은 그 눈물을 어떻게 기억하고 있을까.

지금 소년의 눈물은 진짜일까. 소년은 숫제 훌쩍거린다. 기댈 어깨가 필요할 것이다. 소년은 내가 없으면 안 된다. 하지만 나는 남자 없이도 괜찮을까. 울음이 더 번지기 전에 얘기해야겠다.

"내 말 좀 들어 봐."

소년은 그제야 고개를 든다. 눈물로 범벅이 된 얼굴을 똑바로 쳐다볼 수 없을 것 같다. 시선을 비꼈다가 실눈을 뜨고 소년의 얼굴을 띄엄띄엄 살펴본다. 퉁퉁 부어 있을 줄 알았던 눈은 뗴꾼하기만 할 뿐이다. 그때 답장이 온다. 휴대폰을 확인하고 고개를 드니 소년은 여전히 나를 보고 있다. 표정은 조금도 흐트러지지 않았다.

이 레스토랑에 대한 평가는 객관적이지 못할 것 같다. 소년이 같이 살자고 하는 순간 레스토랑의 분위기나 종업원의 미소, 조명 밝기와 메뉴판 디자인 같은 건 하나도 체크할 수 없었다. 이번 의뢰 업체에서 요구한 것 중 가장 중요한 것은 연인이 갔을 때 새로 나온 연인 스페셜 세트를 추천하는지 여부였다. 종업원은 우리에게 아무것도 추천하지 않았다. 어쩌면 소년과 내가 연인으로 보이지 않을 수도 있겠다는 생각이 든다. 어느새 숲에서 빠져나갈 방향을 찾아 버린 것 같다. 더 깊이 들어선 줄 알았는데 오히려 반대였을지도 모른다. 뒷걸음질 치며 다음에 던질 말을 고르는 동안 소년은 하품을 깨물며 묻는다.

"방 뺀 건 왜 얘기 안 했어요? 끝까지 속일 생각이었어요?"

방을 비우고 다시 엄마에게 돌아갈 생각이었다. 몇 달 동안 제출했던 보고서는 절반 넘게 보류되었다. 통장은 빠져나간 돈으로 어수선했다. 월세가 밀리자 보증금에서 조금씩 빼던 주인도 참을 만큼 참았다고 언성을 높였다. 금방 돈이 들어온다는 말도 더는 통하지 않았다. 말할 때는 진실이라고 생각했는데 주인이 어디서 뻔뻔하게 거짓말을 치냐고 따질 땐 꼼짝할 수 없었다.

1급 자격증 심사는 얼마 남지 않았다. 2년을 더 기다릴 순 없었다. 더 녹슬기 전에 1급을 따 둬야 했다. 그럼 최소한 재심사까진 일을 맡을 수 있었다. 이제 와서 다시 돌아갈 수도 없었다. 내가 기댈 수 있는 건 이제 하나뿐이었다. 되도록 빨리 답변을 구해야 했다. 혼자 사는 방에 드나드는 걸로도 부족하다는 게 그와 그녀의 일관된 생각이었다. 차라리 그들이 원하는 답을 해 주는 편이 낫겠다는 생각마저 들었다. 그들이 속아 주기만 한다면.

주인은 아침이고 저녁이고 할 것 없이 사람들을 데리고 왔다. 자다가도 일어나서 문을 열어 주어야 했고 때론 밥을 먹다가도 방을 보여 줘야 했다. 방이 빨리 나가야 남은 보증금을 돌려받을 수 있으니 별수 없었다. 낯선 사람들이 내가 누웠던 침대나 설거지를 하지 못한 그릇이 쌓인 싱크대, 청소한 지 오래된 화장실을 보는 것은 유쾌하지 않은 일이었다. 생각 같아선 옆에서 조잘거리며 모조리 꾸며 대고 싶었다. 긴 여행을 마치고 돌아온 지 얼마 되지 않았다든가 며칠째 야근이라 치울 새가 없었다든가 하는 말로. 혹은 집안에 큰일이 있어서 그간 힘들었다는 식의 얘기도 괜찮을 것 같았다. 하지만 나는 한쪽 구석에서 제자리걸음만 할 뿐이었다. 엄마의 빈 가슴을 본 이후 누군가 내 입을 꽉 쥐고 있는 것 같았다.

선뜻 계약하려는 사람이 나타나지 않자 지저분한 세간들을 안 보이는 쪽으로 숨겨 뒀다. 더러운 이불 위에 차렵이불을 덮어 놓으니 그럭저럭 깨끗해 보였다. 이 정도면 중개업자가 깨끗한 방이라고 소개할 수도 있었다. 그 말이 통할 정도까지만 치워 놓았다.

여기저기 둘러보던 여인은 어정쩡하게 서 있던 나에게 물었다. 나는 과장하거나 축소하기도 했고 숨길 수 있는 건 끝까지 숨겼다. 진실은 뾰족한 깨달음을 줬지만 거짓말은 둥근 위안을 줬다. 그러자 여인이 원하는 건 진실이 아닐 거란 생각이 들었다.

"뜨거운 물은 잘 나와요?"

에둘러 말하고 대화의 방향을 틀어야 했다.

"불편할 정돈 아니에요. 정리를 못해서 그렇지 이 가격에 이 정도면 넓은 방이에요. 제법 조용한 편이고 옆방에 사는 사람도……."

말끝을 잘랐다. 묻지도 않은 말에 필요 이상으로 대답이 길어지고 있었다. 이제껏 이런 실수는 없었는데. 차라리 입 다물고 있는 편이 나았다. 그래도 습기가 많아서 곰팡이가 잘 핀다거나 새벽엔 시끄러울 때가 더러 있다는 말은 쏙 뺐다. 뜨거운 물이 잘 나오긴 하지만 수압이 시원찮다는 것도. 돌이켜 보면 이렇게 숨기는 건 소년의 방식이었다. 문장 사이사이를 비워 두고 그 틈에 상대방의 짐작이나 기대가 고이게끔 하는 방식.

주변이 어떠냐고 묻는 말에 나도 모르게 과장된 말을 쏟아 냈다. 마트와 공원이 굉장히 가깝고 버스 노선도 정말 많다며 얘기를 한껏 부풀렸다. '가깝다'거나 '많다'라는 말에 생기는 의미의 차이는 내 허풍에 방패가 되어 줄 것이다. 남자도 허풍을 떨 때 비슷한 생각을 했을 것이다.

여인이 거짓말 좀 칠 줄 안다면 단번에 알아챘을 것이다. 하지만 과장이나 은폐를 원하는 건 오히려 방을 구하는 사람들이었다. 뜨거운 물이 잘 나오느냐고 묻는 질문에는 그랬으면 하는 바람이 잔뜩 담겨 있었다. 거짓말은 상대방의 바람을 알면서 시작되었다. 나는 이제야 겨우 거짓말에 첫걸음을 내딛는 기분이었다.

여인의 시선은 얼룩덜룩한 벽지에 머물렀다. 뒤에서 주인아줌마는 서글서글한 목소리로 도배와 장판을 새로 해 주겠다고 했다. 내가 방에 보러 왔을 때도 했던 말이었다. 그동안 그 말에 속았다는 것을 모르고 있었다.

변기에 물을 내려 보던 여인은 떨떠름한 표정으로 물었다.

"참, 볕은 잘 들어와요?"

주인아줌마와 눈이 마주쳤다. 누가 봐도 볕이 잘 드는 방은 아니었다. 그렇다고 볕이 안 든다고 하면 보증금을 받는 일이 멀어질 것이었다. 어쩌면 집주인도 중개업자도 여인도 모두 거짓말을 원하고 있을지도 모를 순간이었다. 지금은 저녁이라 그렇지 아침부터 정오까지는 볕이 잘 든다고 해야 했다. 그런데 좀처럼 입이 떨어지지 않았다. 피곤한 얼굴로 중개업자가 입을 벌렸다.

"이 정도면 살 만하죠?"

중개업자는 턱으로 내 쪽을 가리켰다. 나는 겨우 고개를 끄덕였다. 어디선가 비걱거리는 소리가 들렸다. 곧 이사 날이 잡혔다.

이사 전날 밤, 짐을 꾸리다가 한쪽 구석에서 종이 뭉치를 발견했다. 몇 장 넘겨 보려다 바닥에 떨어뜨렸다. 발자국처럼 늘어선 종이를 한 장씩 집어 올렸다. 몇 장 집어 올리자 예전에 보냈던 보고서라는 걸 알았다. 보류된 것도 있었고 통과됐지만 이제는 필요 없다고 해서 돌려받은 것도 있었다. 보고서 사이사이 사진도 끼어 있었다. 예전에 만났던 남자들이 그 안에 가지런히 꽂혀 있었다. 얼굴은 과장되거나 축소된 것 없이 날것 그대로였다.

그중에 언젠가 거리에서 마주친 사람도 있었다. 그제야 그 사람의 표정과 말투를 이해할 수 있었다. 그땐 그저 헤어진 연인 중 한 사람일 뿐이었다. 머릿속에 떠오르는 건 고작 어떤 다툼이나 오해로 헤어졌었나 싶은 정도였다. 거짓말도 꾸준히 관리해 줘야 한다는 것까지 몰랐던 건 오히려 나일지도 몰랐다.

사진을 아무리 들여다봐도 얼굴은 또렷하게 도드라지지 않고 금세 흩어졌다. 모든 얼굴이 하나로 겹치고 뒤엉켜 한 사람이 되었다. 막 손에 넣으려는 순간 끄트머리부터 갈라져 수많은 얼굴이 내 주변을 둘러쌌다. 모르는 얼굴인 동시에 한편으론 선명하게 아는 얼굴이었다. 그 옆엔 갓 입학한 대학생이었던 나도 있었고 보수적이라 손잡는 것도 망설이던 나도 있었다. 한때는 처음 만나는 날 무조건 같이 하룻밤을 보내려고 덤비던 나도 있었다. 뒤돌아보면 집을 나온 지 얼마 되지 않은 가출 소녀이거나 미용 기술을 배우느라 매일 파마약 냄새가 가시지 않던 나도 버티고 있었다. 이제껏 통과해 온 내가 낱낱이 드러났는데도 나는 묻지 않을 수 없었다.

누구세요.

아버지 역시 하루에도 몇 번씩 이런 질문을 하고 있을까.

거짓말이 느슨해지자 이전의 내가 모여 일제히 입을 벌렸다. 입안은 컴컴해서 아무것도 알아볼 수 없었다. 비어 있는 것도 같았지만 조금 빗겨 보면 뭔가 꽉 차 있는 것도 같았다. 그 속에 거짓말을 밀어 넣고 싶었다. 하지만 아무리 입을 크게 벌려도 공기 한 줌 드나들지 않았다. 이제껏 나는 눈이 없는 주사위를 굴리고 있었던 것 같았다. 아무리 굴려 봐도 숫자는 나오지 않았다. 그래도 끝까지 주사위를 굴렸다. 그것말곤 할 수 있는 일이 아무것도 없었다.

예전엔 거짓말이면 누구든 될 수 있을 거라고 생각했다. 하지만 그건 아무도 될 수 없다는 뜻인지도 몰랐다.

PART 5

망설이지 않고 두 개의 일기를 썼다. 하나는 검사받을 일기였고 다른 하나는 나만 보는 일기였다. 그건 진실과 거짓말 사이에서 갈팡질팡하던 내가 선택할 수 있었던 가장 합리적인 방식이었다.

가짜 일기는 드러날수록 꽃처럼 사랑받았다. 하지만 진짜 일기는 발각되면 혼날 게 뻔했다. 거기엔 친구의 실수를 두고 짓는 비웃음과 선생님의 부당함에 대한 비난 그리고 엄마 지갑에 몰래 손댄 일까지 모조리 적혀 있었다. 그중 드러나서 좋을 거라곤 아무것도 없었다. 그래서 그날 하루를 반죽 덩어리처럼 주물렀다. 내키는 대로 수정하다가 어느 순간은 통째로 드러내 버리기도 했다. 부풀리고 치대는 건 일도 아니었

다. 한쪽 일기에 할머니께 자리를 양보했다고 썼다면 다른 쪽
엔 할머니께 자리를 양보하는 대신 잠든 척했다고 쓰는 식이
었다. 잠든 척했다는 문장 뒤에는 시험공부로 너무 피곤했다
는 문장을 이어 살을 붙였다. 또박또박 쓰다 보면 정말 몸이
축 늘어졌다. 어느새 일기장은 내 거짓말 연습장이 되었다. 선
생님이 일기에 찍어 준 확인 도장은 그날 분량의 거짓말을 무
사히 해냈다는 의미처럼 보였다. 도장이 늘어 가는 동안 거짓
말의 다양한 변형을 익혔다. 일기장이 몇 권으로 늘었을 땐
세상에 거짓말이 아닌 게 없다는 걸 깨달았다.

일기를 쓰다 막히면 오디오를 바라봤다. 그러면 마치 오디
오 위에 아버지가 앉아 날 내려다보고 있는 것 같았다. 곧 아
버지가 불러 주는 것처럼 다음 문장이 고개를 내밀었다. 그래
도 내용이 빈약해질 때면 곁방을 바라봤다. 곁방 안을 상상
하는 사이 일기의 빈틈도 차곡차곡 메워졌다. 매일 밤 일기에
마침표를 찍고 나서도 아직 내겐 숨겨 놓은 게 많다는 생각
이 들었다. 그건 꽤 멋진 일이었다.

일기를 이어 갈수록 거짓말과 진실은 닮아 갔다. 거짓말에
는 우연이 없었다. 그래서 가끔 현실보다 더 현실 같았다. 어
떨 땐 현실에 구라나 뻥을 섞어 주무르기도 했다. 성긴 현실
에는 그제야 찰기가 돌았다. 어느덧 두 일기장의 경계선은 조
금씩 무너졌다. 그사이 내 것이 아닌 듯했던 이야기는 내 것

이 되어 갔다. 분명 내 이야기였던 것은 허구로 얼룩졌다. 나중엔 두 개의 일기장 중 어떤 것이 진짜고 가짜인지 분간할 수 없었다. 예전에 썼던 일기를 들춰 보며 그땐 참 속상했지 싶다가도 다시 보면 가짜 일기였다. 마치 여러 사람이 조금씩 나눠 쓴 일기 같았다. 아버지는 구라를 알아차렸을 때 내가 컸다고 생각했지만 나는 진실과 거짓이 그다지 다르지 않았다는 걸 알았을 때 내가 성장했다고 생각했다.

두 개의 일기장이 발견되었을 때 엄마는 처음으로 회초리를 들었다. 종아리에 닿는 매운 촉감은 생생했다. 안 아프다고 괜찮다고 생각해도 전혀 먹히지 않았다. 엄마는 왜 맞는지 아느냐고 물었다. 어떤 대답도 할 수 없었다. 내 유일한 무기는 그 순간 아무런 힘을 내질 못했다.

힘이 달렸는지 엄마는 잠깐 숨을 골랐다. 숨소리만이 방 안에 가득했다. 이어지는 말은 마치 숨소리의 일부처럼 들렸다.

"거짓말하면 안 돼. 알겠어?"

"그럼 솔직하게 다 말해?"

엄마는 숨을 멈췄다. 어서 엄마가 말해 주길 바랐다. 그래도 된다고. 솔직해져도 아무 상관없다고. 최소한 왜 거짓말을 쳤느냐고 물어봐 줬으면 싶었다. 하지만 엄마는 입을 열지 않았다. 허공에선 회초리가 가늘게 흔들렸다.

"엄마도 나한테 거짓말 치잖아."

"무슨 거짓말?"

"내가 모를 줄 알고? 다 알아."

그때 뭘 다 안다고 했던 건지 모르겠다. 사실 아무것도 모르는데 일단 그만 맞고 싶어서 튀어나온 말인지도 몰랐다. 예전에도 비슷한 수법을 써먹은 적이 있었다. 의심이 스미는 순간 그것을 잘게 쪼개기 위해 일단 되는대로 뱉고 보는 것이었다.

엄마는 시선을 바닥에 깔았다. 어깨가 조금씩 들썩였다.

"다 알고 있었니?"

회초리는 바닥에 떨어졌다. 그러자 엄마는 두서없이 중얼거리기 시작했다. 마치 물속에서 하는 말처럼 들렸다.

"어쩌다가…… 아니, 그보다…… 대체 언제부터?"

여전히 엄마가 무엇을 숨기고 있는지 알 수 없었다. 다 안다고 했는데 뒤늦게 물어볼 수도 없었다. 엄마가 짐작했던 건 무엇이었을까.

막다른 곳에 몰리면 사실 모든 걸 다 알고 있다고 호기롭게 뇌까리곤 했다. 그러면 뭘 다 아느냐고 다그쳐 묻던 사람도, 헛소리 그만하라던 사람도 결국 낮은 목소리를 냈다. 비밀로 해 줘. 다른 사람한테 말하면 안 돼. 누구나 그런 말을 들었을 때 뜨끔할 수 있는 비밀은 하나씩 품고 있었다. 나도 엄마도 예외는 아니었다. 여기에는 거짓말에 대처하는 방법과 진실을 캐내는 방법이 나란히 숨어 있었다. 소년이 다 알고 있다고 했을 때 내가 했던 짐작은 얼마나 맞았을까. 혹시 나처럼 그냥 뱉어 본 말은 아니었을까.

할 말을 찾지 못해 머뭇거리자 엄마는 나를 끌어당겨 안았다. 숨이 막혀 오는데도 버둥거릴 수 없었다. 엄마는 헛기침을 여러 번 하고 침까지 삼키고 나서야 나긋나긋한 목소리를 낼 수 있었다.

"그렇다고 아버지를 미워해선 안 돼."

처음 들어 보는 것처럼 낯선 목소리였다.

엄마는 내 앞에 두 개의 일기장을 두고 이제부터 하나만 쓰라고 했다. 그때 어떤 것을 집었는지 기억나지 않는다. 똑같은 공책이었으니 아무거나 손에 잡히는 대로 집었을 것이다. 남은 일기장은 내가 보는 앞에서 태워졌다. 반쯤 타 들어갔을 때 엄마는 내가 손에 쥐고 있던 일기장을 낚아챘다. 몇 장을 들춰 보더니 중간쯤 시선이 꽂혔다. 눈동자가 조금 떨리는 듯했다. 떨림이 얼굴 전체로 퍼졌을 때 결국 남은 일기장마저 불 속에 집어넣었다. 잦아들던 불길이 높이 솟구쳤다.

"네가 알고 있는 것도 다 태우는 거다. 너랑 나만 알고 있어야 해. 알았지?"

그악한 목소리를 비집고 사방에 재가 날렸다. 허공에 흩날리던 재는 곧 바닥에 내려앉았다. 어떤 문장이 타고 남은 건지 모를 재가 장독대에 화분에 수돗가에 가서 달라붙었다. 마당은 금세 거뭇거뭇해졌다. 매캐한 냄새는 오랫동안 가시질 않았다. 나는 기침을 꾹 참고 있었다. 이젠 기침만 해도 뭔가 들킬 것만 같았다.

다음 날부터 새로운 일기를 썼다. 거짓말 속에 진실을 버무려 넣는 방식이었다. 적당한 비율로 맞춰 두면 밤새 굳었다. 아침에 다시 읽어 보면 문장은 아무리 두드려도 깨지지 않을 것처럼 딴딴했다. 그제야 진실이 거짓말을 완벽하게 해 준다는 것을 알았다. 둘은 천적이 아니라 공생 관계였다. 한때 거짓과 진실은 영원히 화해할 수 없을 것처럼 보인 적도 있었다. 하지만 진실은 거짓말을 위협하는 것이 아니라 오히려 더 견고하게 만들었다. 진실을 넘나들수록 거짓말의 농도는 진해졌다. 걸쭉해진 거짓말은 온몸에 달라붙어 옴짝달싹 못하게 했다.

선생님은 일기 아래 짧은 문장을 달아 주기 시작했다. 네가 참 자랑스럽다거나 난 언제나 네 편이라는 문장이었다. 그 말도 거짓말일 수 있다는 걸 깨닫자 일기를 쓰지 않아도 혼나지 않을 나이가 되었다. 그쯤 엄마는 나를 데리고 예식장에 들어섰다. 그제야 나는 주말마다 한복을 차려입고 혼자 나서는 엄마를 수상하게 본 적이 없었다는 걸 깨달았다. 피로연장에서 나는 엄마를 향해 활짝 웃으면서 말했다.

"고모, 오늘 너무 예쁘신 거 아니에요?"

이제껏 사랑은 어느 것 하나 느슨해지지 않고 두 개의 일기장처럼 이어져 왔다. 그사이 둘 중 하나를 선택해야 한다고 생각한 적은 없었다. 다시 하나의 일기장만 집어야 한다면 뭘 고르는 게 좋을까. 거짓말은 진실과는 달리 무한하게 생산될 수 있다. 하지만 진실은 한 번 훼손되면 거의 대부분 원래대로 돌아가지 못한다. 망가진 진실은 거짓말로도 쓸모없다. 여기까지 생각해 봐도 답은 수면 아래서 맴돌기만 한다. 형체가 드러날 듯하다가 어느 순간 멀어진다.

좀 전까지만 하더라도 선택은 두 가지뿐이라고 생각했다. 소년을 만나거나 아니면 남자를 만나거나. 그런데 지금 나에게 선택은 두 가지가 아니라 아예 없을지도 모른다는 생각이 든다. 뭘 선택하든 이번에도 결국 일기장처럼 다 태워질 것만 같다. 차라리 새로운 방식의 일기를 써야 하는 건 아닐까. 일기라고 불러야 할지도 망설이게 되는 일기를.

소년은 아예 울상이 되어 있다. 예전처럼 일단 아무 말이나 던져 놓고 나서 생각할까. 되는대로 던져 놓은 다음 나중에 논리에 끼워 맞추는 건 최악의 상황에서 선택하는 방식이다. 그나마도 의심의 모양과 크기를 제대로 알아야 먹힌다. 그것도 모르고 무작정 쪼갤 순 없다.

남자에게도 이런 순간이 올까. 남자는 어떤 결정을 내릴까. 분명 나를 선택할 것이다. 내가 그만 만나자고 했을 때가 떠오른다. 그날 했던 말은 그녀가 시켜서 떠본 말이었다. 손목에 아직도 남자의 손이 머물러 있는 것 같다. 거기에 생각이 닿자 소년에게 물어야 할 질문이 수면 위로 떠오른다. 엄마에게 통했던 것처럼 소년에게도 통하길 바란다. 물 아래에서나 거대해 보이지 막상 건져 올리면 별거 아닐 수도 있다.

"넌 이제껏 나 속인 적 없어? 나야말로 다 알고 있었어."

나도 똑같은 무기를 갖고 있다는 말은 소년의 리듬을 망쳐놓을 것이다.

"꼭 그렇지만은 않아요."

나도 모르게 어깨를 움찔한다. 거짓말 가이드북에 예시로 나와 있는 대답이다. 들켰을 때 빠져나갈 구멍을 만드는 방법 중 하나다. 소년은 누굴까. 소년이 방에 왔을 때 정말 막차를 놓쳤던 걸까. 그와 내가 만든 함정에 걸려들었다는 건 순진한 착각이지 않았을까.

소년은 잔에 남아 있던 얼음을 입에 넣고 씹는다. 오도독거리는 소리가 내 몸을 움켜쥔다. 소년이 내 말에 흔들리게 해야 한다. 이대로 가다간 어림도 없다. 이렇게 숲의 가장자리만 헤매다간 평생 2급에 머물 게 빤하다. 아무래도 끝까지 미뤄뒀던 질문을 던질 차례인 것 같다.

"너 혹시 거짓말 자격증 있니?"

눈이 마주친 소년은 금방 시선을 튼다. 머리를 한 번 긁적이더니 자세를 고쳐 앉는다. 그사이 나는 시선을 고정시킨다. 이번에야말로 확실히 걸려든 것 같다.

"말하면 믿기는 해요?"

"……뭐?"

"그래요. 나도 그 자격증 있어요. 그러니까 지금부터 나 속일 생각하지 마요."

짧은 순간 소년에게 나타난 징후를 모두 합쳐 봐도 모르겠다. 목소리는 흔들리지 않았다. 딱히 망설이는 부분도 없는 걸로 봐선 진실이다. 하지만 순간 소년의 동공이 확장되고 얼굴이 달아오르기 시작한다. 스스로 통제할 수 없는 것이라 거짓말을 판별할 때 더 유용한 징후다. 혹시 내가 진실을 말하게 하려고 꾸며 낸 말일까. 소년의 콧등에는 땀이 맺혀 있다. 적어도 한 가지는 확신한다. 지금 소년은 두려워하고 있다. 들킬까 봐 두려운 건지 내가 믿지 않을까 봐 두려운 건지는 알 수 없다. 어쩌면 지금 소년은 나를 의심하는 동시에 필사적으로 믿고 싶은 건지도 모른다.

"내가 거짓말 친 게 아니면? 그럼 어쩔 건데?"

엄마가 공갈을 칠 때 냈던 목소리처럼 매섭게 내지른다. 소년은 나와 눈을 마주한다. 그런데 자기도 자격증이 있다는 말은 내가 자격증 소지자라는 걸 이미 안다는 뜻인가.

"진짜 아니에요?"

소년에게 생각할 틈을 주지 않아야 한다. 그러려면 바로 다음 공감로 넘어가야 한다. 하지만 말은 또 나오지 않는다. 어린 시절 밥을 먹을 때마다 같이 삼켰던 엄마의 공감은 이제 바닥난 것 같다. 두고두고 써도 남을 만큼 많은 공감이 몸에 쌓여 있는 줄 알았는데.

이 레스토랑은 무조건 최악이다. 어떤 항목에도 별점을 주고 싶지 않다. 보고서가 또 보류 상태가 된다고 해도. 대체 어디서부터 어그러진 걸까. 남자와 소년을 처음 만났을 때부터 이미 잘못되었던 걸까.

30분이 넘도록 빈 택시를 보내고 있었다. 택시는 지나갈 때마다 클랙슨을 울렸다. 한두 번은 안부 인사처럼 가벼웠지만 몇 번 반복되고 나니 자못 날카롭게 들렸다. 나중엔 거의 위협처럼 들리기까지 했다. 그래도 모르는 척 엉뚱한 곳에 시선을 두었다. 내가 타야 할 택시가 아니었다.

어떤 택시는 아예 내 앞에 멈춰 창을 내렸다. 열린 창으로 대체 어디까지 가느냐고 따지듯 물었다. 아까도 봤는데 여전히 택시 승강장에 있는 게 이상하다고도 덧붙였다. 나는 아무 동네나 지어서 얘기했다. 택시 기사는 고개를 갸우뚱하더니 대답도 하지 않고 멀어졌다. 멀찌감치 떨어져 있는 줄 알았던 그녀가 다가왔다.

"거기가 어디예요?"

나는 오래된 은행나무로 유명한 산이나 지역 특산물 같은 것을 늘어놓았다. 기다리는 게 지루해서 연습 삼아 시작한 거짓말이었다. 말이 나온 김에 거기엔 우리나라 최초의 펀치 머신 기계가 있다고 했다. 그래서 매년 펀치 축제가 열린다고. 축제의 마지막 날엔 펀치 대회가 열리는데 아직도 깨지지 않는 점수가 있다고 하자 그녀는 나를 힐끗거렸다. 나는 멈추지 않고 아마 점수가 깨지기 전에 기계가 먼저 박살 날 거라고 했다. 그쯤에서 그녀는 내 옆에 바짝 붙어 섰다. 그래도 내 목소리는 곧게 뻗어 나갔다.

"당연히 권투 선수는 참가를 금지한다는 규칙이 있죠."

그녀는 그곳이 어디냐고 물었다. 펀치 머신을 박살 낼 것 같은 비장한 표정이었다.

"내가 지어낸 곳이에요. 그래도 어딘가 진짜 그런 곳이 있을지도 모르죠."

"역시 그럴 줄 알았어요. 그런 대회가 있다면 한번 나가 보고 싶네요. 그 기록 내가 깰 수 있을 것 같은데."

몸집으로 봐선 가능할 것도 같았다. 단지 크기 때문만은 아니었다. 그녀의 몸은 어디 하나 빠지는 데 없이 탄탄했다.

마치 두세 사람을 꾹꾹 눌러 담은 것 같은 몸이었다. 처음 만나서 악수를 나눌 때 나는 그녀가 내 손을 으그러뜨리려는 줄 알았다. 대화가 끝날 때까지 손은 계속 욱신거렸다. 마치 자기한테 거짓말 칠 생각은 하지도 말라는 경고가 울리는 것 같았다.

눈이 마주치자 그녀는 싱거운 표정을 짓더니 이내 슬쩍 웃었다. 치고 들어가는 건 몰라도 방어하는 수준은 나쁘지 않았다. 아무튼 내 구라에서 구린내는 안 나는 모양이었다. 그건 일을 맡기기엔 부족하지 않다는 뜻이었다.

"그나저나 좀 떨어져 있는 게 좋지 않을까요? 이러다간 들키겠어요."

그녀가 물러나자 사람들이 줄을 서기 시작했다. 뒤에 선 사람들에게 계속 빈 택시를 양보했다. 눈치를 보던 그녀가 다시 다가왔다.

"지금쯤이면 여길 지나갈 텐데."

그녀는 지나가는 택시마다 눈길을 주었다. 그녀를 따라 시선을 틀었다. 그녀가 보고 있는 게 뭔지 정확히 알 수 없었다. 내가 보기엔 다 같은 택시인 것 같았다. 하지만 그녀는 단번에 알아볼 수 있다고 했다. 멀리서 봐도 확연히 다르다는 것이었다. 목소리는 처음 만났을 때와 조금도 다르지 않았다. 그새 서너 대의 택시가 더 지나갔다. 그냥 가 버릴까도 생각했지만 심사 위원회에서 연결해 준 의뢰를 거절하면 1급으로 갈 수 있는 문은 더 좁아졌다.

"여기가 확실한 거죠?"

"그럼요. 이 자리에서 우리는 운명처럼 만났어요."

그녀는 처음 남자의 택시를 탔던 일을 정확하게 기억했다. 운명이라는 건 과장일지라도 최소한 거짓말은 아니었다. 적어도 그녀에게만큼은. 그쯤 되니 그녀가 의뢰하는 이유를 알 것 같았다. 그녀는 능숙하게 거짓말을 칠 수도, 알아볼 수도 없었다. 심지어 거짓말이 존재한다는 것도 믿기 싫어하는 부류였다. 그러니 그녀에게는 내가 필요했다. 그녀가 원하는 거짓말을 쳐 줄 수 있는 동시에 남자가 좋아할 만한 여자. 그러니까 작고 적당히 말랑말랑하면서 부드러운. 거기에 남자가 끼어들 틈까지 갖춘.

그녀의 계획은 일단 나를 남자의 택시에 태우는 것이었다. 택시 안에서 그녀에게 운명이었던 것처럼 나에게도 남자가 운명이 되어야만 했다. 그 정도는 그다지 어렵지 않았다. 하지만 남자도 날 운명이라고 생각할지는 알 수 없었다. 향신료가 필요했다. 벽돌도 음식이라고 착각할 수 있을 만큼 강한.

그녀가 남자에 대해 일러 줬던 것을 다시 한 번 되새겨 봤다. 공구를 모으는 게 취미라고 해서 이름을 하나씩 외워 두기도 했다. 그녀가 공구 이름을 알아듣지 못하자 남자가 답답

해했다고 들었다. 이어서 앞으론 말이 좀 통하는 여자를 만나고 싶다는 말을 뱉었다고도 했다. 그녀는 그것도 남자가 멀어진 이유 중 하나일 거라고 했다. 내가 짐작하는 이유와는 좀 달랐다. 들으면 들을수록 그녀의 얘기는 꼭 내 안에 있었던 것 같았다. 나중에는 나한테 들은 얘기를 그녀가 다시 하고 있는 건 아닌지 의심스러울 정도였다. 그녀가 중간에 멈추면 뒤에 이어지는 얘기는 어렵잖게 예상할 수 있었다. 거짓말은 아무 탈 없이 무럭무럭 성장하고 있었다. 그때만 해도 몸속에 거짓말이 꽉 차면 쉽게 1급이 될 줄 알았다.

그녀는 내가 외우고 있는 것을 다시 확인했다. 나는 한 번도 틀리지 않고 대답했다. 그러다 내가 그녀에게 묻기도 했다. 그녀는 몇 번 헛갈려했다. 그럴 때마다 정답을 알려 줬다. 그녀는 그제야 기억난다며 넓적한 손으로 이마를 쳤다. 그중에 몇 개는 "제가 그랬어요?" 하고 되물었다. 혹시 내가 잘못 알고 있었나 싶을 만큼 순진한 표정이었다.

옷은 그녀가 정해 준 대로 입었다. 평소에 남자가 좋아한다던 검은색 원피스와 하이힐이었다. 액세서리는 거의 하지 않았고 머리는 조금 헐렁하게 묶었다. 그녀는 스타킹까지 맞춰 신어야 한다고 고집을 부렸다. 그렇게까지 하면 들킬 위험이 컸다. 유연하게 파고들어 통하려면 약간의 빈틈이 있어야 했다. 얼추 비슷한 정도면 충분했다. 립스틱을 바르는 것만으로도 넘어올 것이다. 다른 여자에게 넘어오고 싶다면.

처음 그녀의 전화를 받은 건 후식이 나왔을 때였다. 주말까지 돌아보고 보고서를 올려야 할 일식집 안이었다. 그사이 내 나이와 직업과 출생지는 몇 번씩 바뀌었다. 정신을 바짝 차리지 않으면 어느 게 내 것인지 분간할 수 없었다. 내 것이라고 생각했던 것도 나중에 알고 보면 의뢰인이 정해 준 나이와 직업일 때도 많았다. 나는 단지 거짓말이 매 순간마다 갓 잡아 올린 것처럼 싱싱하다고만 생각했다.

"혹시 택시도 가능한가요?"

이제 택시 운전기사의 친절 정도까지 판단해야 하나 싶었지만 특별히 어려울 건 없어 보였다. 택시를 타고 가면서 요구하는 항목을 체크하는 일일 거라고 예상했다. 음식점이나 백화점으로 이동할 때마다 틈틈이 할 수 있는 일인 것도 같았다. 잘하면 일하는 동안 교통비 걱정은 덜 수도 있었다. 등급 심사에서 가산점을 받을지도 몰랐다. 그러니 거절할 이유가 없었다. 이미 매일 택시를 타고 다녀서 그런 일엔 자신 있다는 말까지 혀 밑에서 소용돌이쳤다.

"물론 가능하죠. 어떤 택시인가요?"

"한 택시 기사만 알아봐 주시면 됩니다."

그녀가 요구할 만한 항목을 떠올려 봤다. 택시 기사의 인사성이나 요금이 얼마나 정당한지, 아니면 운전 중에 휴대폰을 사용하는지 정도가 나올 거라고 짐작했다. 혹은 술에 취한 손님에게 할증 요금을 부당하게 적용하는지 정도. 다섯 가지가 넘으면 돈을 더 달라고 해야겠다고 다짐하며 물었다.

"제가 체크해야 할 항목은 뭐죠?"

그녀의 질문은 하나였다.

가장 높은 난이도의 의뢰였다. 간격을 두고 두어 번 정도 확인하면 대략적인 결과가 나오는 일과는 달랐다. 그녀가 확인하려는 것은 몇 번을 만나도 결국 모를 수도 있었다. 그건 그녀가 이번 의뢰의 만족도에서 높은 점수를 준다면 1급으로 가는 길이 순탄할 거라는 의미였다.

일을 진행하고 나서야 그녀의 질문 속에 원하는 대답이 들어앉아 있다는 걸 알았다. 절반쯤 진실로 굳어진 문장이었다. 그건 객관적이고 정확한 사실과는 멀었다. 그녀는 그게 맞는지 틀린지 알고 싶은 게 아니었다. 비록 거짓말이라도 그 문장이 진실이라는 대답을 돈을 주고서 사고 싶은 것이었다. 그제야 그녀가 굳이 나 같은 2급을 쓰는 이유도 짐작할 수 있었다. 그녀는 남자가 여전히 자기를 사랑한다고 믿고 있었다. 그러니 결과가 맘에 들지 않으면 유능하지 못한 거짓말쟁이 때문에 나온 오류로 떠넘길 생각이었다. 그동안 보고서를 보낼 때마다 그녀의 의심이 살을 뚫고 올라올 것처럼 사나워졌던 이유도 알 것 같았다. 그리고 의심을 잠재울 수 있는 건 진실이 아니라 것도. 어쩌면 의뢰인과 연결해 주었을 심사 위원회의 의도가 여기에 있는 건지도 몰랐다.

빈 택시를 몇 대 더 보내고 나자 드디어 그녀가 한 택시를 가리켰다.

"저거예요. 확실히 좀 튀죠?"

내 눈에도 어딘지 좀 다르게 보이는 것 같았다. 그렇게 주문을 걸어 둬야 정확한 결과를 얻을 수 있었다. 택시를 몰고 나타난 사람이 누구든 당장 사랑에 빠질 수 있어야 했다.

택시가 가까워 오는데도 그녀는 내게서 떨어지지 않았다. 눈짓을 하자 그녀는 재빨리 물러나 우체통 뒤에 숨었다. 우체통으로도 그녀는 완전히 가려지지 않았다. 그녀의 한쪽 어깨와 귀가 보였다. 얼핏 그녀가 우체통을 껴안고 있는 것처럼 보이기도 했다. 우체통은 금방이라도 뽑힐 것 같았다. 택시를 향해 손을 흔들면서도 슬쩍 뒤돌아봤다. 그녀는 조금 떨고 있었다.

택시는 정확히 내 앞에 섰다. 남자의 택시였다. 다른 택시와 확연히 다르다는 말은 사실이 아니었다. 이 도시에 똑같이 생긴 택시는 넘쳐 났다. 하지만 그녀에게만은 진실이었다. 그러니까 그녀는 거짓말을 하지 않은 셈이었다. 때에 따라선 그것도 기술이라면 기술이었다. 나는 그녀의 진실 속으로 발끝부터 서서히 담갔다. 발바닥에 온기가 맴돌았다.

택시 안에서 돌아보니 우체통에서 나온 그녀가 보였다. 늘어선 사람들 사이로 거대한 몸이 두드러져 보였다. 혹시 남자가 그녀를 보진 않았을까. 생각이 더 이어지기 전에 그녀가 일러 준 목적지를 말했다. 남자가 내 쪽을 힐끔거렸다. 나는 남자의 목소리와 표정과 움직임을 면밀히 관찰했다. 모든 것이 그녀의 의심을 확신으로 바꿔 줄 수도 있었고 의심을 옹골지게 굳힐 수도 있었다. 감정을 풀고 가장 객관적인 진실을 캐내야 하는데 생각보다 만만찮았다. 시답잖은 대화 사이사이 남자는 유연하게 꺾이며 거짓말을 쳤다. 사소한 것부터 던져 보기로 했다. 그때 남자가 먼저 말을 꺼냈다.

"잠깐 차 좀 세워도 되겠습니까?"

남자의 눈짓은 위험했다. 너무 많은 의미를 한꺼번에 담고 있었기 때문이다. 어떤 걸 낚아 올려도 정확하지 않았다.

"무슨 문제라도 있어요?"

"커피 한잔 하고 싶습니다. 마침 저기 자판기가 보입니다."

그녀의 예상에서 한 치도 벗어나지 않았다.

숲의 입구였다. 여러 번 들었던 장소라 다소 눈에 익었지만 낯선 곳이라는 듯 부러 두리번거렸다. 그녀가 처음 남자의 택시를 탔을 때 차를 세우고 커피를 마셨다던 곳이었다. 남자가 나와 함께 그 장소에 내렸다는 건 답을 찾는 데 중요한 단서가 될 것이었다.

"입술 망가지겠어요."

커피를 건네주던 남자의 시선이 내 입술을 핥았다. 립스틱은 남자가 좋아하지만 그녀는 남세스럽다며 피하던 색이었다.

남자와 그녀가 나눴던 것과 거의 비슷한 대화를 나누며 숲으로 들어섰다. 나뭇가지가 촘촘해지더니 어느새 어두컴컴해졌다. 곧 남자의 얼굴이 보이지 않았다. 이 숲은 남자가 되돌릴 수만 있다면 다시 돌아가 그녀가 아닌 다른 사람을 만나고 싶다던 곳이었다. 농담인지 경고인지 아니면 어떤 상징을 담은 말인지 알 수 없었다. 그녀는 남자가 정말 그러고 싶어 하는 건지 궁금했다. 그러면서 남자가 빈말할 사람이 아니라고 덧붙였다. 내 생각에는 그녀가 남자를 잘못 본 것 같았다.

"결혼은 하셨어요?"

그녀가 물어보라고 했던 것부터 물었다. 첫 만남에서 가장 중요하게 생각하는 질문이었다.

"그래 보입니까?"

남자만 보고 걷던 나는 순간 비척거렸다. 가느다란 나뭇가지가 발목을 휘어 감고 있었다. 남자는 나를 잡아 주면서도 나무 이름을 일러 줬다. 앞에 있는 건 나도 아는 나무였다. 남자가 알려 준 건 내가 아는 것과 다른 이름이었다. 나는 눈을 흘기면서 입가를 살짝 올렸다. 내 반응을 살피기 위해 던진 미끼일지도 모른다는 생각은 나중에야 들었다.

좀 더 나아가던 남자는 돌연 뒤돌아섰다. 나는 그것도 모르고 몇 걸음 더 내디뎠다. 울음소리가 아니었다면 멈추지 않았을 것이었다. 남자가 내 쪽으로 한 걸음 다가왔다. 아무래도 답을 구하려면 시간이 꽤 걸릴 것 같았다. 남자는 적어도 아버지처럼 삼류 구라만 늘어놓을 사람은 아니었다. 그러자 한편으론 앞으로 얼마나 멋진 거짓말을 쏟아 낼지 기대됐다. 그리고 내 거짓말이 얼마나 통할지도.

다시 택시에 오를 땐 남자의 옆자리로 옮겨 앉았다. 그녀가 그랬던 것처럼 지금부터 남자를 운명처럼 느껴야 했다. 남자를 보며 사랑을 느낄 만한 구석을 찾았다. 작정하고 덤비면 사람마다 어느 한구석쯤은 꼭 사랑스러운 데가 있기 마련이었다. 그것만 집요하게 보면 누군가와 사랑에 빠지는 일은 쉬웠다. 거짓말 가이드북에선 거짓으로 사랑에 빠지는 방법을 생각보다 간단하게 요약하고 있었다. 나에겐 아버지보다 거짓말을 잘 치는 사람인 것만으로도 충분했다. 소년이 거짓말을 못 치는 사람인 것만으로도 충분한 것처럼.

소년은 그가 말해 준 자리에 앉아 있었다. 그가 알려 준 소년의 모습은 조금도 객관적이지 못했다. 처음엔 난해한 문장으로만 가득한 두꺼운 책을 보는 듯했다. 그는 소년이 마치 물속에 잠겨 있는 사람 같다고 했다. 그리고 늘 금방이라도 사라져 버릴 것 같은 표정이라고 덧붙였다. 그의 말만으로는 절대 소년을 알아볼 수 없을 것이었다. 하지만 소년을 발견했을 때 그의 설명에 동의할 수밖에 없었다. 성공적으로 일을 마치기엔 나쁘지 않은 조짐이었다.

그는 소년이 중간에 앉아 있을 거라고 했다.

"어딜 가나 중간을 제일 좋아해요. 첫 번째는 부담스럽고 마지막은 불안하니까."

"그럼 사랑도 마찬가지겠네요."

나를 쏘아보던 그는 소년에 대해 되도록 많은 것을 알려 줬다. 그것이 사랑에 빠지는 데 유리하다고 믿는 눈치였다. 그건 소년도 비슷했다. 그가 소년에 대해 작정하고 속였다면 나는 믿을 수밖에 없었을 것이다. 그는 소년에 대한 것이라면 사소한 것까지 죄다 알고 있었기 때문이다. 나는 그를 통해 소년을 그려 볼 수밖에 없었다. 그게 거짓말이든 아니든.

내가 그의 말을 여과 없이 믿었던 것은 소년의 모습과 정확히 일치해서가 아니었다. 그런 것쯤은 며칠 동안 관찰해 보면 누구나 알 수 있었다. 신뢰란 눈에 보이는 것들을 나열한다고 나오는 게 아니었다. 그가 소년에 대해 말할 때의 표정과 몸짓을 보고 나서야 적어도 진실에 가깝다는 걸 알 수 있었다.

물론 그에게만 통하는 진실일 수도 있지만.

"고개는 숙이고 있을 거예요. 책을 펼쳐 놓고 있겠지만 읽고 있는 건 아니에요. 누군가와 시선 마주치는 걸 싫어하거든요."

거기까지만 얘기해 줘도 소년을 알아볼 수 있었다. 하지만 그는 자질구레한 것까지 덧붙였다. 이를테면 단추 두 개는 잠그지 않는다든가, 소매는 한 번 접어 입는다는 것까지. 내가 말릴 틈도 없이 그는 소년의 속옷까지 말해 주었다. 만약 그런 방식으로 속이려 든다면 금방 들통 날 것이었다. 너무 세밀한 진실은 종종 거짓으로 보일 수도 있다는 걸 그는 모르는 것 같았다. 그래서 나를 찾은 거겠지만. 한편 어쩌면 소년에 대한 세세한 설명은 그가 소년을 얼마나 사랑하는지 보여 주기 위한 것일지도 모른다는 생각이 들었다. 그 생각엔 그가 원하는 답변에 대한 힌트가 숨어 있었다.

그가 의뢰한 것은 소년이었다. 소년은 레스토랑에서 서빙을 하는 사람도 아니었고 어느 매장의 판매 직원도 아니었다. 그러니 소년이 인사를 잘하는지 신제품에 대한 지식을 어느 정도 갖추고 있는지 객관적으로 판단해 달라는 게 아니었다. 그녀처럼 그의 질문도 하나였다. 마치 소년이 그를 떠나지 않도록 도와달라는 것처럼 보이는 질문이었다. 심사 위원회에서 난이도가 높은 의뢰를 한꺼번에 맡긴 적은 처음이었다. 나는 이번 심사에서 나를 1급으로 점찍어 둔 거라고 생각했다. 보고서가 마무리될 때까지 그 생각은 변함없었다.

그는 만날 때마다 소년에 대해 캐물었다. 자칫 대답이 장황해지면 그가 믿지 않을 수도 있었다. 객관적인 사실을 중심으로 짤막하게 끊어 전달하는 방식을 택했다. 그가 알고 있던 모습도 있었지만 몰랐던 것도 제법 많았다. 그는 내가 소년에 대해 아는 게 많아질수록 사랑에 빠진 것을 확신했다. 난 그만큼 보고서의 만족도가 높을 거라 생각했다.

얼마 지나지 않아 그는 소년도 나에게 호감을 느끼게 된 것 같다고 했다. 둘이 있을 때도 소년이 내 얘기를 자주 한 모양이었다. 그의 표정은 어두웠지만 일은 순조롭게 진행되고 있는 것이었다. 하지만 그는 사랑이라고 단정 지을 수는 없다고 덧붙였다. 그때 질문에 대한 답을 찾으려면 얼마나 많은 시간이 필요할지 생각해 봤다. 어떤 것도 객관적으로 날 사랑한다고 할 수도, 사랑하지 않는다고 할 수도 없었다. 소년이 날 사랑한다고까지 했지만 그는 조금도 믿으려 들지 않았다.

"믿기 싫은 거 아닌가요?"

"말로는 뭐든지 얘기할 수 있죠. 제가 믿을 만한 확실한 증거를 가져오세요."

"이미 증거는 충분하잖아요."

"아뇨, 여전히 부족해요. 2급이라 그런가요? 일이 제대로 끝나야 저도 잔금을 지불할 거예요. 물론 그땐 만족도도 최고점을 드리죠. 그게 필요하신 거 아닌가요?"

그는 내가 소년과 사랑하는 사이가 되지 못할 거라고 선을 긋는 눈치였다. 그제야 그가 2급을 원하는 이유도 알 수 있었다. 그녀와 그다지 다르지 않았다. 1급으로 가는 길은 계속 꼬이기만 했다.

그날 이후 소년이 즐거워하는 것 같다고 하는 대신 몇 번이나 웃었고 웃음이 얼마나 지속됐는지 얘기했다. 하지만 내가 소년의 반응과 행동을 아무리 늘어놔도 그는 질문에 대한 답을 얻지 못했다.

그럼 이건 어땠을까.

소년이 같이 살자고 했을 때 그에게 메시지를 보냈다. 소년의 목소리를 녹음한 파일도 함께 첨부했다. 메시지를 받아 본 그는 이제 답을 구했을 것이었다. 부정해 봐도 꼼짝없이 마주할 것이었다. 자신의 만들어 냈던 모습과는 전혀 다른, 어떻게 생겼는지도 모른 채 맹신했던 진실을.

소년을 마주하는 동안 답장이 왔다.

「홧김에 한 얘기겠죠. 금방 후회했을 거예요. 맞죠?」

소년의 표정을 살폈다. 그가 봤다면 후회하는 표정이라고 바득바득 우겼을까.

누구나 그렇듯 그도 처음에는 어떤 진실이든 담담히 받아들이겠다고 다짐했을 것이다. 하지만 상황은 점점 믿고 싶지 않은 쪽으로만 굴러갔다. 그럴 때마다 그는 안간힘을 써서 거부했다. 그건 그가 갖고 있는 권리였다. 믿고 싶은 대로 믿을 권리. 그 권리는 언제나 거짓말과 한 쌍을 이뤘다. 어느 순간 그에게 어떤 말도 통하지 않을 거라는 걸 알 수 있었다.

그가 있으면 소년에게 사랑이라고 착각할 만한 거짓말을 얼마든지 쏟아 낼 수 있었다. 소년은 그것을 그대로 사랑이라고 믿었다. 원하는 것이 생기면 거짓말을 쏟아 내는 동시에 어떤 거짓말도 믿을 준비를 하게 되는 법이다. 소년은 어떻게든 그와 헤어지려고 이제껏 내게 속아 왔던 거라는 생각이 든다. 나를 만나기 전 이미 자신에게 거짓말을 쳤을지도 모른다. 함께 밤을 보낸 다음 날 이미 얼마쯤 짐작할 수 있었다.

막 닫히려던 현관문을 잡고 고개를 내밀었다. 소년이 옹송그리며 걷는 모습을 보자 바래다줘야겠다는 생각이 들었다. 그게 위선이라도 상관없었다.

소년의 뒤를 막 따라나서려던 찰나 멈칫했다. 그때까지도 소년은 휴대폰으로 발아래를 비추며 걷고 있었다. 숲을 헤매던 짐승이 희미한 달빛을 만나 무작정 따라가고 있는 것처럼 보였다. 아까보단 조금 빨라졌지만 여전히 불안하고 처음인 듯 서툰 걸음이었다. 어느새 소년의 발아래에서 두 개의 불빛이 겹쳤다. 복도 끝에서도 누군가가 소년의 발아래를 비춰 주고 있었다. 불빛이 두 개로 모이자 소년의 걸음이 조금 더 빨라졌다. 눈여겨보지 않으면 알아챌 수 없을 만큼 조금이었다. 소년은 빛이 시작되는 자리까지 넘어지지 않고 사붓사붓 걸어갔다. 거의 도착했을 때쯤 덩어리진 목소리가 소년의 걸음 끝에 엉겨 붙었다. 그의 목소리였다.

"다 알았으니까, 우리 이제…… 그만두자. 제발……."

불빛처럼 둘의 뒷모습이 하나로 얽혀 완전히 스며들었다. 소년의 목소리는 들리지 않았다. 울퉁불퉁한 바람 소리만이 복도를 메우고 있었다. 바람 끝에 소년과 그의 울음이 조금씩 번지기 시작했다. 나는 바래다주는 대신 둘의 뒷모습이 사라진 자리를 한참 동안 바라봤다. 계속 머물러 있는 것도 같았고 한편으론 이미 오래전에 사라진 것도 같았다.

현관문을 닫고 나서 그는 믿고 싶은 대로 믿었던 게 아닐지도 모른다는 생각이 들었다. 그래 왔던 건 그가 아니라 도리어 나일 수도 있었다. 내가 진실이라고 생각했던 것 역시 알고 보면 내가 믿고 싶었던 것에 불과했다. 처음엔 그가 확인하고 싶은 게 소년이 나를 사랑할 수 있는가에 대한 것인 줄 알았다. 하지만 그날 새벽 아닐 수도 있다는 걸 알았다. 그는 그럼에도 자신이 소년을 계속 사랑할 수 있는지를 알고 싶었던 게 아닐까.

그날 이후 소년은 방에 오지 않았다. 남자도 마찬가지였다. 그러자 방에 계속 머물 이유가 없었다.

짐을 빼고 난 방은 생각보다 꽤 넓었다. 둘이 있으면 꽉 차던 방이었다는 게 거짓말 같았다. 가구들이 있던 자리마다 자국이 남았다. 거울이 있던 자리도 벽지 위에 고스란히 보였다. 여기저기 뒤로 숨겨 놓았던 얼룩이나 전선도 죄다 드러나 있었다. 욕실은 물기 없이 바싹 말라 있었다. 칫솔은 모두 버렸다. 거짓말이 밝혀질 증거처럼 보일 때도 있었지만 다시 보니 그냥 칫솔일 뿐이었다. 그게 소년의 것인지 남자의 것인지조차 떠오르지 않았다.

빈방에서는 몸을 숨길 수 없었다. 발끝까지 모조리 드러내야만 했다. 아무것도 없는 방엔 어떤 종류의 거짓말도 살지 못할 것이었다. 모든 것이 밖으로 드러난 것은 더럽고 추악한 것에 가까웠다. 진실만이 먼지를 뒤집어쓰고 방 한가운데에 웅크리고 있었다. 얇은 거짓말로 덮어 둬야 그나마 오해와 좀 가까워질 것이었다. 비죽 솟은 부분이나 푹 꺼진 자리가 있다면 원래 믿고 있던 대로 다듬어 줘야 했다. 그럼 조금 더 완벽해질 수 있었다.

견딜 수 없어 속으면서도 한편으론 끊임없이 진실을 원했다. 어쩌면 진짜 원했던 것은 잘 숨겨져 깔끔한 거짓말이었을지도 몰랐다. 너무도 치밀해서 누구든 한 번 듣고 나면 평생 속아 넘어갈 수밖에 없는, 그런 걸 원하고 있었던 게 아닐까.

남자와 소년, 그리고 나도.

PART 6

두고 온 짐이 있어 다시 방에 가는 길이었다. 멀리 반짝이는 게 보였다. 남자가 펀치 머신에서 세운 점수였다. 깜빡이는 점수가 조금씩 가까워졌다. 그것만은 마지막까지 의심하고 싶지 않았다. 무르던 걸음이 일순 바삭해졌다. 걸을 때마다 바스락거리는 소리가 따라붙는 듯했다. 사방을 둘러봤다. 깊은 숲에 있는 것처럼 컴컴했다. 그사이 펀치 머신에서 나오는 빛은 발밑에 고였다. 꼭 남자가 비춰 주는 것 같았다. 빛을 따라가면 숲의 한가운데에 들어설 수도 있을 것 같았다.

　가까이 보니 펀치 머신의 점수가 좀 다른 것 같았다. 남자가 세워 둔 점수가 아니었다. 그때 점수에 분명 9가 들어가 있었는데. 어쨌든 더 낮은 점수인 것 같았다. 아니 더 높은 점수일 수도 있었다. 분명한 건 남자의 점수가 아니라는 것이었다. 언제부터 남자의 점수가 사라졌는지 알 수 없었다. 거의 매일 남자가 세운, 아니 이제는 남자가 세운 줄 알았던 점수를 보며 집으로 들어갔었는데.

점수를 기억해 내려고 펀치 머신 앞에 바짝 다가섰다. 순간 점수가 사라졌다. 눈앞에는 흐릿한 잔상만 남았다. 그때 펀치 머신 뒤에서 비대한 몸집의 사내가 불쑥 튀어나왔다. 사내의 옷차림이 검어 어둠과 한 몸처럼 보였다. 어떻게 보면 어둠에서 한 덩어리가 툭 떨어져 나온 것처럼 보이기도 했다.

"아차차, 이거 할 거요?"

대답을 꺼내기도 전에 사내는 몸을 돌려 펀치 머신 뒤로 굼뜨게 들어갔다. 곧 다시 펀치 머신에 불이 들어왔다. 최고점은 사라지고 점수판은 0점이 되어 있었다. 이제 정말 남자가 세운 기록은 어디에도 없었다. 재킷을 던지고 멋지게 자세를 잡아 세웠던 날도 도려낸 듯 함께 사라진 기분이었다. 점수가 0점이라도 두어 걸음 떨어져서 보니 반짝이는 것은 얼핏 비슷해 보였다. 혹시 매일 다른 점수였나. 남자의 점수가 사라진 건 오래전 일인 것 같았다. 그냥 반짝이는 것만 보고 집으로 갈걸. 그러면 끝까지 남자가 길을 밝혀 주고 있다고 생각했을 텐데. 그렇게 오해하고 있어도 좋았다. 적어도 나에게만은 진실이었을 것이다.

"지금 치면 무조건 팡파르가 울릴 거요."

"왜요?"

"처음이면 무조건 최고점이니까."

동전을 넣고 펀치 머신을 향해 빈약한 주먹을 날렸다. 점수 올라가는 소리가 들렸다. 몇 점이나 나왔는지 확인해 보기도 전에 선불리 팡파르가 울렸다. 어쨌든 최고점을 세웠다. 좀 떨어져서 보니 역시 예전에 반짝이던 점수와 다를 게 없었다. 소년이 이걸 알았으면 좋았을 것이었다. 그럼 아무튼 최고점을 세웠다며 치켜세워 줬을 텐데. 그러고 보니 내가 세운 점수도 곧 사라질 것이었다.

펀치를 칠 수 있는 기회는 두 번이었다. 사내는 내가 두 번째 펀치를 날리길 기다리는 눈치였다. 얼른 기계를 끄고 집에 가고 싶은 것 같았다. 남은 한 번은 치지 않기로 했다. 그것은 남자나 소년의 몫으로 남겨 두고 싶었다. 한 발 물러서면서 누가 치면 좋을지 생각해 봤다.

"뭐하고 있어요?"

느리게 뒤돌아섰다. 몇 걸음 걷자 사내가 한 번 더 목소리를 높였다.

"이거 안 칠 거요?"

부지런히 걸음을 이어 나갔다. 등 뒤에서 점수 올라가는 소리가 호들갑스럽게 들렸다. 다시 팡파르가 울렸다. 돌아보지 않았다. 떠밀리듯 나아가면서 누군가 나를 위해 멋있게 펀치를 날려 줬다고 생각했다. 엄지발가락에 힘이 들어갔다.

방 안에는 아무것도 남아 있지 않았다. 어느새 가구가 있던 자국이나 거울이 있던 자리도 희미해졌다. 두고 간 건 없었다. 두고 갔으면 좋았을 게 있을 뿐이었다.

엄마는 더 이상 자원봉사자의 도움을 받을 수 없었다. 나는 그것도 모르고 자원봉사자가 따지러 왔을 때도 여전히 먼 곳에 시선을 두고 있었다. 한창 중얼거리고 있는데 무리 중 하나가 어깨를 툭 쳤다. 시선을 돌려 눈알을 짝짝이로 붙인 인형처럼 히죽 웃어 보였다. 뭐라고 묻는 것도 같았지만 어떤 대답을 해야 할지 알 수 없었다. 조금 지나서야 겨우 떠듬거리면서 어눌한 목소리를 내뱉었다. 덜 다듬어진 문장이었다. 무리는 이내 밖으로 몰려 나갔다. 현관문이 닫히는 사이 수군거리는 소리가 큼직하게 들렸다.

"딸애가 정신이 이상하다는 건 진짜였나."

"그러게."

문이 완전히 닫히기 전 앙칼진 목소리가 집 안 깊숙이 파고들었다.

"아직도 속아? 쟤도 쇼하는 거라니까!"

엄마는 밀린 빨래를 세탁기에 넣고 청소기를 돌렸다. 요란

한 기계 소리 사이로 엄마의 목소리가 틈틈이 끼어들었다. 주문을 외우는 것처럼 계속 억울하다고 웅얼거리고 있었다. 마치 억울한 걸 잊어버릴까 봐 애쓰는 사람 같았다. 이제 엄마는 거짓말이 늘었다는 걸 깨달았을 것이었다. 헐거워진 공갈은 아무것도 찌르지 못한 채 툭툭 부러지기만 했다.

자원봉사자가 찾아오지 않자 엄마가 나를 찾는 일이 부쩍 늘었다. 수돗물이 안 나온다고 해서 가 보면 멀쩡하게 잘만 나왔다. 엄마는 연신 식은땀을 닦으며 "이상하다. 어젯밤까지도 안 나오던 물이 이젠 잘 나오는구나." 했다. 배가 아프다고 해서 부리나케 가 보면 이제는 괜찮아졌으니 온 김에 밥이나 먹고 가라는 적도 있었다. 다리는 벌리고 뒷짐을 지고 서 있어서 어색해 보이는 자세였다. 떨리는 손을 뒤로 감추려는 것 같았다. 그냥 보고 싶다고 하면 될걸. 여전히 엄마의 사랑은 어설프게나마 거짓말로 드러났다.

지금까지 엄마와 내가 주고받은 말은 거의 거짓말이었다. 그건 관계를 얄팍하게 만드는 게 아니라 외려 두텁게 만들어 줬다. 엄마가 나에게 진실만 얘기한다고 믿을 때와는 비교할 수 없을 정도였다. 난 엄마의 공갈이 앙상해지다가 결국 뼈만 드러나 흉측해져도 기꺼이 속아 주리라 다짐했다. 다짐을 하고 보니 엄마는 집안일을 도와줄 사람이 필요했던 게 아니라 공갈을 받아 줄 사람이 필요했던 게 아닐까, 하는 생각이 들었다.

나는 다시 집으로 들어오겠다고 했다. 어차피 혼자 사는 걸로 대답을 구하긴 어려워 보였다. 그리고 엄마 옆에는 속아 줄 사람이 있어야 했다. 엄마가 짓던 성가시다는 표정은 얇은 가면이란 걸 알았다. 엄마가 얇게나마 가면을 쓸 줄 알아서 다행이었다. 그리고 내가 아직 가면을 알아볼 수 있는 것도.

집으로 들어온 날 엄마에게 물었다.

"빚 다 갚고도 아버지는 밖에서 무슨 일을 그렇게 했던 거 야?"

"다 갚긴. 집으로 들이닥치는 사람들 것부터 먼저 갚아서 그렇게 보였겠지. 은행 빚까지 치면 엄청났어. 그래서 네 아버 지도 밑바닥에서 아등바등했던 거야."

"그러면서 나한텐 외국에서 사업을 한다는 둥, 나중엔 공 장장에 백화점 사장이라고까지 뻥을 친 거야?"

"백화점 사장은 진짜야."

"뭔 백화점?"

"지방에서 국자나 가위 같은 걸 천 원에 파는 가게를 한 적도 있어. 그 가게 이름이 천원백화점이었지. 그러고 보니 차 도 진짜 있었어. 고물 트럭이었지만."

나는 아버지가 들어앉아 있기라도 한 것처럼 괜히 냉장고 문을 열었다. 냉장고 안에 대고 물었다. 엄마는 내 표정을 알아볼 수 없을 것이었다.

"근데 요양원에서 아버지가 무슨 말을 했어?"

"아버지가?"

"여전히 구라가 어설펐다며."

냉장고 문을 닫고 바닥에 앉았다. 엄마는 내게 돌아앉았다. 일그러지는 미간과 한쪽으로 조금 기운 시선과 무릎 위에 얹힌 손이 차례차례 눈에 들어왔다. 입술이 점점 벌어지더니 목소리가 바닥에 흘러내렸다. 목소리는 내 발끝을 적셨다.

"자기는 거기서 행복하니까 걱정하지 말라고 하더라. 내가 아무리 늙어도 그딴 말에 속을 줄 알고."

엄마는 서둘러 자리를 떠났다. 정말 어설픈 구라라고 생각하는 걸까. 나는 그 말이 진짜인 것 같았다. 요양원에서는 아버지가 무슨 말을 해도 다 믿어 줄 테니까. 예전에 형사였다고 해도 외국에서 사업을 하고 있다고 해도 자식이 열 명쯤 된다고 해도.

무슨 말이든 다.

진실은 만날 준비를 하고 있는 사람에게는 좀처럼 모습을 드러내지 않는다. 아무도 모르는 샛길로 숨죽여 다가와 어느 날 갑자기 튀어나온다.

마치 거짓말처럼.

이제껏 거짓말과 진실의 경계에서 균형을 잡으며 한 걸음씩 딛고 있다고 생각했다. 한참 걷다 보니 어느새 경계는 사라져 버렸다. 진실과 거짓말은 스며들어 어느 것 하나 분명한 게 없었다. 이제는 하나를 선택하려고 해도 집어낼 수 없다. 선택해야 할 거짓말이 모두 사실이 되어 버렸고 밝혀야 할 진실은 모두 구라나 공갈에 물들어 버렸다. 지금까지 둘을 떼어 놓으려고 무던히도 애써 왔다. 차라리 뒤섞이게 내버려 뒀어야 했다. 그래야 제대로 기만할 수 있었다.

"난 같이 살 생각 없어."

"그게 무슨 소리예요?"

이제야 보인다. 이렇게 빤하고 진부한, 딱 봐도 티 나는 걸 왜 여태 모르고 있었을까. 예전에 엄마가 했던 말이 겹친다. 잘 속는 사람은 따로 있어. 기댈 곳이 없는 사람들이지. 소년에게는 내가 제일 잘 속는 사람일 수도 있었다.

"계속 모르는 척할 생각이야?"

"뭘요?"

소년은 다시 얼음을 깨문다. 얼음을 깨물면서 다음에 던질 말을 짓고 있을 것이다. 오도독거리는 소리를 따라 지금까지 쳤던 거짓말이 하나둘씩 떠오른다. 치밀하고 견고해서 절대 흔들리지 않을 줄 알았는데 일순 먼지도 없이 깔끔하게 무너진다. 더는 거짓말이 돋아날 자리가 없다.

소년의 시선이 흐트러진다. 시선은 내 쇄골 쪽에 닿았다가 눈을 바라보더니 이내 비어 있는 잔에 고인다. 끝까지 모르는 척하고 속아 주길 기대하는 건지도 모르겠다. 남자에 대한 얘기는 끝내 하지 않을 건가. 아무래도 먼저 입을 열어야겠다. 길을 터 주면 소년은 기꺼이 그쪽으로 방향을 잡을 것이다. 함정은 길 끝에 마련해 두면 된다.

"네가 왜 이러는지 알아. 그런데……."

"정말 끝까지 발뺌할 셈이에요?"

"너야말로 언제까지 버틸 작정이야?"

"차라리 다른 사람이 더 좋아졌다고 솔직하게 말해요. 그 편이 덜 비참하겠어요."

소년은 길에서 벗어난다. 일단 딴청을 부리면서 이어 나갈 말을 생각해 봐야겠다.

"다른 사람…… 누구?"

소년은 벌떡 일어서서 밖으로 나간다. 이번에는 내 옆으로 바짝 다가서지도, 보란 듯이 손목을 내밀지도 않는다. 그사이에도 걸음은 조금도 늦춰지지 않는다. 바닥을 딛는 소리가 자못 경쾌하게 울린다. 어두운 복도를 걷던 더딘 걸음이 아니다.

소년이 돌아선다.

"형이랑 둘이 만나고 있는 거 알고 있었어요."

나는 소년이 알고 있다는 게 뭔지 끝내 몰랐다. 그러니 어떤 말을 했든 불리했을 것이다. 소년은 마뜩찮은 표정을 조금도 감추지 않고 있다. 이젠 얇은 가면이라도 쓸 생각이 없는 것 같다. 한쪽에서 놓으면 어떤 거짓말도 팽팽해질 수 없다.

"그…… 그게, 그러니까…… 나는 말이지."

그가 의뢰했다는 사실을 소년에게 계속 숨겨야 하는 건지 아닌지 알 수 없다. 차라리 다 드러내고 비우려고 해도 어디부터 어디까지 얘기해야 하는 건지 망설여진다. 그게 진실인지도 모르겠다.

"방에서 나오는 것도 봤어요. 누나가 오라고 했다면서요. 그래도 난 누나 믿었어요."

"그게 무슨 소리야? 아니야!"

목소리가 쩌렁쩌렁하게 울린다. 몇몇 사람들이 내 얼굴을 힐끔거린다. 소년의 시선은 나를 조금 빗겨 있다.

"누나는 우리 둘 다 가지고 놀았어요."

"만난 건 사실이야. 근데, 우리는 단지……."

"사실이라고요?"

소년의 몸이 한쪽으로 조금 기운다. 단정 짓지 말고 차라리 좀 애매하게 대답하는 게 나을 뻔했다. 어느 정도는 사실이라고 했다면 어땠을까. 그럼 소년은 내 말을 끊지 않고 뒤에 덧붙일 설명까지 들었을지도 모르겠다. 내가 한 발짝 다가서자 기울던 소년의 몸이 겨우 균형을 잡는다. 똑바로 서는가 싶더니 이내 가늘게 떨린다.

"차라리, 차라리…… 아니라고 말해 줘요. 아니죠? 그런 거
아니잖아요."

이제 어떤 말도 통하지 않을 것이다. 입 밖으로 단 한마디
도 나오지 않는다. 나온다고 해도 나는 칼날을 곤두세우듯
이 의심할 것이다. 그는 소년에게 먹히는 거짓말을 모두 알고
있었다. 하지만 이럴 때 쓸 수 있는 건 알려 주지 않았다. 어
쩌면 일부러 알려 주지 않은 것일지도 모르겠다. 소년은 정말
모르는 걸까. 내가 그가 의뢰해서 접근했다는 걸. 혹시 알면
서도 모르는 척하는 걸로 그를 감싸고 있는 건 아닐까.

지금까지는 나뭇가지가 무성하게 우거져 앞을 내다볼 수
없었다. 올려다봐도 햇빛 한 조각 들어오지 않았다. 그래서 숲
의 안쪽에 머물러 있는 줄 알았다. 얄팍한 빛이 가까이 보인
다. 어느새 숲을 빠져나온 것 같다. 어쩌면 내내 숲의 가장자
리에서 맴돌았던 것일지도 모른다. 그제야 소년에게 정말 묻
고 싶었던 게 떠오른다.

"넌 나한테 무슨 얘기를 듣고 싶은 거니?"

소년은 내 얼굴을 똑바로 쳐다본다. 원래 저런 얼굴이었나.
그동안 소년의 얼굴을 하나씩 뜯어 따로 봐 왔다. 속눈썹의
움직임이나 입가가 얼마나 올라가는지, 콧구멍이 얼마나 벌어
지는지. 그래도 알 수 없다면 확장되는 동공과 발그레해지는

뺨까지. 그래야 거짓말을 알아챌 수 있었다. 내 거짓말이 잘 통하고 있는지도. 하지만 지금은 얼굴이 한꺼번에 눈에 들어온다. 얼굴은 손에 잡힐 것 같은 순간 입술부터 흩어진다.

거의 다 흩어질 때쯤 휴대폰에서 진동이 울린다. 남자에게 온 전화다. 아직 남자가 남아 있었다. 남자에 대한 보고서만이라도 제대로 완성해야겠다. 소년에게서 시선을 떼지 않고 전화를 받는다. 어쨌든 선택은 끝났다. 이제 일기장은 하나다. 그것이 진짜든 가짜든.

전화를 받자마자 짐짓 발랄한 목소리가 튀어나온다. 거의 동시에 거친 숨소리가 귀에 꽂힌다. 남자가 택시를 몰고 와 나를 태우고 어디로든 떠나 줬으면 좋겠다.

"들켰습니다!"

"뭘를요?"

"아내에게 들켰단 말입니다."

"그게 무슨 말이에요?"

"도대체 어디서 어떻게 알았는지 당신과 같이 갔던 곳을 몽땅 알고 있었습니다. 사람을 붙인 건지…… 당신이 내 택시에 탔던 것까지 속속들이 알고 있더란 말입니다."

그녀가 나에게 의뢰했다는 것을 뺀 나머지를 모두 말했다면 남은 건 남자의 선택뿐이다. 그럼 이제 남자는…….

"당신입니까?"

"뭐가요?"

"얘기한 게 당신이냐고 묻는 겁니다."

"아, 아니에요. 내가 왜요?"

주춤한 게 거슬렸지만 돌이킬 순 없다. 이 정도라도 공갈이 나와 준 게 다행이다. 한동안 오가는 말이 없다. 숨소리 한 올까지 선명해진다. 남자는 나에게 그녀를 숨기지 않았다. 그녀에게는 내 얘기를 한 걸까. 귀한 것일수록 뒤로 숨기는 법이라면 남자가 숨기는 건 뭘까. 이제 남자는 골라야 한다. 나와 함께 떠나는 것과 그리고,

"일이 커지기 전에 정리해야 할 것 같습니다."

"무슨 소리예요? 누굴 정리해요? 나를요?"

"네."

"왜요?"

"저를 또 때리고 내동댕이칠지도 모릅니다."

우체통을 뽑아낼 것 같던 그녀의 모습과 이파리가 붙어 있는 것 같았던 남자의 몸이 겹친다. 누렇게 시든 이파리 사이로 다시 새파란 순이 돋는 것 같다.

"알고 보면 무서운 여잡니다. 한동안 어디 숨어 있어야겠습니다."

"나랑 같이 숨어요!"

"미쳤습니까? 그 사람이 당신한테도 연락할지 모릅니다. 어

떻게 알았는지 당신 번호까지 알고 있었습니다. 그러니까 우리 둘이 입을 좀 맞춰 놔야 할 것 같습니다."

소년은 뒤돌아서더니 곧 나간다. 문이 열리면서 종소리가 울린다. 맑은 종소리는 허공을 꽉 움켜쥐다가 이내 풀어 버린다. 그사이 소년은 한 번도 돌아보지 않는다. 카운터에 서 있던 종업원이 나와 소년을 번갈아 가며 흘낏 본다. 나는 엉거주춤 일어선다.

"당신을 만나면 가만두지 않을 겁니다. 지금 제정신이 아닙니다. 아내 전화번호부터 받아 적으십시오. 이 번호로 오는 전화는 무조건 받지 마십시오."

"……알아요."

"뭘 안다는 겁니까?"

"전화번호 안다고요."

"벌써 연락 갔습니까? 뭐라고 했습니까? 대체 무슨 말을 한 겁니까?"

남자의 격앙된 목소리는 계속 울리는데 어느 순간 뭉개져서 알아들을 수가 없다. 귓가엔 아직 종소리가 남아 있는 것 같다. 나간 건 소년인데 내가 내쫓긴 기분이다. 지금이라도 소년을 불러 세워야 하나. 그럼 무슨 말을 어떻게 해야 하지. 다시 돌아온다고 해도 해 줄 말이 없다. 이미 소년의 이름을 부르는 것조차도 가짜인 것 같다.

너덜너덜했던 남자의 목소리가 서서히 또렷해진다.

"어차피 당신도 나만 만나는 건 아니었잖습니까?"

"무슨 소리예요?"

"처음부터 알고 있었습니다."

얄브스름한 철사가 뚫고 지나가는 것 같다. 남자가 말하는 처음은 언제인 걸까. 나는 그대로 주저앉았다. 그동안 남자의 목소리는 멀어졌다가 가까워지길 반복한다.

"그러니 일단 내 말대로 좀 해 주십시오. 듣고 있습니까?"

"대체 언제부터 날 속인 거죠?"

"속였다고 생각한 적 없습니다."

어쩌면 사랑을 유지할 수 있는 최선의 방법은 거짓말이 아니라 사랑하지 않는 것일지도 모르겠다. 이제 그와 그녀는 답을 얻을 것이다. 끝까지 답을 얻지 못한 건 나뿐이다. 거짓말이 무너지면 마지막엔 진실이 남을 거라고 생각했던 적도 있었다. 이제는 남은 것이 진실이라도 의심할 것이다.

혹시 나에게만 통하는 건 아닌지.

결국 마지막까지 아무도 믿지 못했다. 끝까지 믿는 척만 했을 뿐이다. 모두를 의심하면서 속는 척 연기하다 보면 분명해질 줄 알았다. 하지만 더 나아진 것도 밝혀진 것도 없다. 나는 이제껏 내가 남을 속이고 있는 줄만 알았다.

결혼했느냐고 묻자 남자는 그렇게 보이느냐고 되물었음. 끝내 정확한 대답은 하지 않았음. 확실한 대답을 원한다면 한 번 더 질문해 보겠음. 펀치 머신에서 남자는 최고점을 기록했음. 잠자리는 남자가 먼저 시도했음. 거부하자 남자는 11분 정도 등을 돌리고 앉아 있었음. 백화점에서 점원에게 우리가 결혼할 사이라고 했음. 지정해 준 반응이 없어서 가만히 있었음. 같이 있고 싶다고 하자 남자는 손님을 태우지 않았음. 싫어하는 눈치는 아니었음. 3회 정도 손을 잡는 것 외에 특별한 스킨십은 없었음.

최종 보고서를 작성하는 중이다. 싫어하는 눈치가 아니었다는 부분이 걸린다. 너무 주관적이다. 확실한 문장으로 바꾸거나 빼야 한다. 하지만 바꾸지 않더라도 이번만큼은 보고서를 보류시키지 않을 것 같다. 이 보고서가 그들의 생각을 확신으로 만들어 줄 수 있을 것이다.

그는 내가 소년을 주로 주말에만 만난다는 점을 두고 트집을 잡아 왔다. 주말이라 들뜬 분위기에 휩쓸렸을 수도 있다는 것이었다. 번화가에서 만나는 것도 지나치게 얇은 옷차림으로 만나는 것도 모두 보고서의 설득력을 떨어뜨리는 이유였다. 그래서 보고서를 받아 본 뒤엔 내게 날선 질문을 던져 왔다. 처음부터 최종 보고서에 쓸 마지막 문장을 썼다면 아무것도 묻지 않았을까.

밤을 같이 보낸 다음 날도 잘 벼린 질문이 꽂혔다.

"정말 같이 안 잔 거 맞죠?"

"네."

또 다른 질문이 반대쪽을 찔렀다. 내가 거짓말을 치는지 알아보기 위해 떠본 것일 수도 있단 생각은 나중에야 들었다.

"이상하네요. 같이 잤다고 하던데……."

그가 누구의 말을 믿을지는 알 수 없었다. 아마 믿고 싶은 얘기를 믿었을 것이다. 그때 이제 질문에 대한 대답을 얻었을 거라고 생각했다. 하지만 그는 여전히 부족하다고만 했다. 내 방에서 나오는 소년을 보고서도 도통 믿으려 하지 않았다. 다음 날 방 안에 들어와서 침대에 떨어진 소년의 머리카락을 봐도 달라지지 않았다. 아마 그때 그는 소년에게 내 방으로 오라고 했을 것이다. 그러고 보면 그가 소년에게 거짓말을 친 건 아니었다. 내가 그에게 방으로 와 달라고 한 건 맞으니까. 그러자 내 방에서 나오는 그를 소년이 본 건 우연이 아닐 거란 짐작이 밀려온다.

그녀도 다를 바 없었다. 잠자리를 할 수도 있었던 상황이 몇 번 더 이어졌지만 반응은 다르지 않았다. 내가 남자의 멍든 몸을 얘기할 땐 조금 움찔하기도 했지만 끄떡없었다. 믿음이 흔들렸던 건 도리어 엉뚱한 순간이었다.

"이번엔 또 어디서 하룻밤을 보냈죠?"

"그게 말이죠……."

"여자가 거부하는데도 자꾸 자자고 덤비는 건 오히려 사랑하지 않는다는 뜻 아닌가요?"

"프린스요."

"어디요?"

"프린스 모텔에 가자고 했어요."

"정말 거기까지 갔다고요? 또 어딜 갔죠? 혹시 다른 데도 갔어요?"

내 방을 얘기하려다 말았다. 어떤 것도 정확한 답이 될 수 없다는 걸 깨달았기 때문이다. 아무리 생각해 봐도 그들이 원하는 것은 거짓말이었다. 구멍이 숭숭 뚫렸더라도 원하는 것과 일치하면 쉽게 믿을 것이었다. 알고 보면 그동안 내가 그래 왔던 것처럼.

만남이 이어질수록 사랑인지 아닌지 더 알 수 없었다. 나는 그게 거짓말이 너무 치밀하고 정교해서 나조차도 헷갈리는 것인 줄 알았다. 하지만 그건 거짓말이 물렁해지고 무너지던 순간과 등을 맞대고 있었다. 더 물크러지고 썩도록 내버려 둬야 잘 속일 수 있다는 것까진 몰랐다.

사람들이 몰려오지 않는데도 한동안 곁방에 자물쇠가 채워져 있지 않은 적이 있었다. 나일론 끈을 잡아당기자 문은 맥없이 열렸다. 발뒤꿈치를 들고 살금살금 곁방에 들어가 봤다. 퀴퀴한 냄새가 여기저기 뭉쳐 있었다. 몸을 틀 때마다 사방에서 먼지가 피어올랐다. 안엔 아무것도 없었다. 나는 곁방 한가운데에서 오랫동안 웅크리고 있었다. 다 팔아넘긴 걸까. 귀한 건 다 숨겨 놨다는 얘긴 순전히 거짓말이었을까. 어쩌면 처음부터 아무것도 없었을지 모른다는 생각이 온몸을 짓눌렀다. 그날 이후 엄마가 곁방을 가리키며 걱정하지 말라고 할 때도 내색하진 않았다. 도리어 정말 걱정이 달아났다. 곁방에 비싼 물건이 가득해서가 아니라 여전히 엄마가 뻔뻔하게 거짓말을 칠 수 있어서.

최종 보고서를 보내고 나니 그때의 기분과 비슷하다. 처음에는 주관적인 내용 때문이 아니라 그들이 믿고 싶지 않은 내용이라서 보고서를 보류시켰다고 생각했다. 이제는 내가 믿고 싶은 내용을 넣었기 때문일지도 모른다는 생각이 분명해진다. 마지막 문장에서만큼은 객관적이지 못했다. 그것 때문에 보고서가 다시 보류될지도 모르겠다. 하지만 그와 그녀는 마지막 문장을 믿을 것이다.

그와 그녀가 나에게 의뢰했던 질문은 단 하나였다. 당신을 사랑합니까? 그것은 어떻게 보면 식당이나 매장을 돌아다니면서 확인해야 하는 '직원은 손님에게 친절한가?'나 '매장은 깨끗하게 정돈되어 있는가?'와 같은 질문일 뿐이었다. 그러나 사랑에 대한 답을 얻기 위해서는 이전의 질문들과는 다른 과정이 필요했다. 어떤 문장도 질문에 대한 명확한 대답이 될 수 없었다. 의뢰인이 원하는 건 무엇보다 객관적인 정보였다. 하지만 사랑은 끝내 각자의 주관에만 머물러 있는 건지도 몰랐다.

치밀한 거짓말은 내가 감정을 철저하게 흉내 내고 있다고 해서 나오는 게 아니다. 이미 그 감정에 빠져들었을 때 거짓말은 보다 강고해진다. 그러니 나에게 사랑은 거짓말인 줄도 모르면서 치는 거짓말이어야 했다.

두 보고서의 마지막 문장은 똑같았다.

상대방은 저를 사랑하지 않습니다.

"나쁘지 않은 결과네요."

그녀는 한숨을 섞어 역시 그럴 줄 알았다고 덧붙인다. 싱거운 표정과 슬쩍 짓는 웃음이 처음 남자의 택시에 태워 보내던 날과 비슷하다.

"별장에 가지 않은 것만 봐도 충분히 알 수 있었어요."

"남자에게 별장이 있어요?"

"그것도 몰랐어요?"

그녀는 대답을 기다리지 않고 돌아선다. 나는 불쑥 남자를 때릴 거냐고 물어본다. 그녀는 다시 자리에 앉는다. 방금까지 마주한 얼굴인데도 확연히 낯설다. 한쪽이 눌린 것 같은 얼굴이다.

"내가 자길 때린다고 하던가요?"

그녀의 얼굴이 성큼 다가온다. 남자가 했던 말이 떠오른다. 알고 보면 무서운 여잡니다. 가만두지 않을 겁니다.

나는 침을 삼킨다.

"아, 아닌가요?"

"대체 왜 자꾸 사람들한테 그런 말을 하고 다니는 건지 모르겠네요."

"그럼 다행이고요."

"때리고 그런 소리를 들으면 억울하지나 않죠."

야무지게 쥔 주먹이 보인다. 그녀를 올려다본다. 어느새 자 갈로 뒤덮여 속에 든 것을 들여다볼 수 없는 얼굴이다. 얼굴 위로 그날 내게 했던 말이 겹친다. 그런 대회가 있다면 한 번 나가 보고 싶네요. 그 기록 내가 깰 수 있을 것 같은데.

"내가 그런 사람으로 보이는 건 아니죠? 그리고 그 남자가 어딜 봐서 맞고 살 사람처럼 보여요? 어쨌든 걱정 마세요."

"네."

"설마 자격증까지 있는 분이 여과 없이 다 믿는 건 아니죠?"

나는 출렁이는 표정을 꽉 붙들고 있다. 내 표정을 살피던 그녀는 곧 일어난다. 끝까지 아니라고 하진 않는다.

그녀는 보증금이 들어온 것을 확인하고 내게 돈을 보냈다. 보증금은 그녀와 그가 나눠서 내줬다. 일이 끝나면 반환한다는 조건이 붙었다. 거기엔 내가 혼자 살면 답을 구하는 게 더 쉬울 거라는 계산이 깔려 있었다. 예상치 못하게 보증금에 보태라고 돈을 준 사람이 더 있다.

남자의 택시가 내 앞에서 클랙슨을 울리는데도 난 먼 곳을 보고 있다. 또 어디까지 가느냐고 묻는 택시인 줄 알았다. 어디서든 눈에 확 띄는 택시라고 생각했는데 이젠 아닌 모양이다.

그래도 마지막엔 사랑한다고, 적어도 사랑했었다고 능청스럽게 말해 주고 싶었다. 하지만 그동안 잘만 나왔던 사랑이 입안에서만 맴돈다. 억지로라도 발음해 보려 했지만 목소리는 삼켜진다. 그동안 사랑한다고 할 때마다 뒤에 덧붙일 말을 속으로 중얼거렸다. 사랑해요. 의뢰가 끝날 때까지만. 사랑해요. 돈을 받기 전까진. 그렇게 하면 조금 입술과 혀가 부드러워졌다. 의뢰가 끝나서인지 아니면 정말 사라져서인지 사랑은 끝내 나오지 않는다. 그건 남자도 매한가지인 것 같다. 멍은 좀 괜찮아졌는지 물어볼까도 했지만 그만둔다. 남자가 내게 거짓말을 쳐도, 거짓말을 치지 않아도 그다지 유쾌하지 않을 것 같다.

돌아서던 나에게 남자는 말을 건다. 꼭 처음 보는 사람에게 하는 말투다. 그저 택시 안에서 손님에게 어디까지 가느냐고 묻는 것 같은 말투.

"무슨 말이든지 해 보십시오."

굳이 만나서 돈을 받겠다고 한 걸 보면 남자도 뭔가 듣고 싶은 말이 있을 것이다. 나는 남자가 어떤 말을 원하는지 알 수 없다. 무슨 말이든 다 믿어 준다고 해도 말할 수 없다. 그것이 남자에게 전하는 유일한 진실인지도 모른다. 남자의 얼굴은 으그러지기 시작한다. 그 위로 소년의 얼굴이 포개진다. 언젠가 다시 마주친다면 이름도 모른 채 무턱대고 아는 척할 것 같다.

그와 그녀는 처음부터 내가 남자와 소년을 동시에 만나고 있다는 걸 알고 있었다. 만약 남자가 나를 사랑하고 있다는 걸 그녀가 인정하게 되었을 때, 내가 할 행동은 정해져 있었다. 나에게 소년이 있음을 고백하고 미련 없이 돌아서는 것. 소년이 나를 사랑한다는 게 밝혀졌을 때도 나는 남자를 꺼내야 했다. 그건 그와 그녀가 원하는 결말이었다. 남자에게는 소년이, 소년에게는 남자가 나의 거짓말이자 진실이었던 셈이다.

지금까지 너무 많은 거짓말을 쳤다. 그중 내가 정말 말하고 싶었던 진실이 숨어 있었다. 그건 내가 진실을 말하는 방식이면서 거짓말을 치는 방식이기도 했다는 걸 깨닫는다.

우리 모두는 이미 충분히 고급 거짓말에 능숙한 사람들이다. 오랜만에 만난 친구가 돈을 빌려 달라고 하면 여윳돈이 있으면서도 겉으로는 요즘 사정이 좋지 않다고 기만할 수 있다. 생리통을 속이 안 좋다는 말로 둘러댈 줄 알고 맘에 안 드는 선물을 두고도 갖고 싶었던 거라며 가식을 떨 줄도 안다. 굳이 궁금하지도 않은데 물었다. 식사 맛있게 하셨어요?

그렇다고 이제 와서 앞으로 진실만을 말하며 살 것이라고 선언할 수도 없다. 이미 그것마저 거짓말이라는 걸 알아 버렸기 때문이다. 이제껏 우리가 공평하게 누릴 수 있었던 건 거짓말이다. 다만 지금까지 몰랐을 뿐이다. 아니, 모르는 척했거나 몰랐다고 믿고 싶을 뿐이다. 그것은 오랫동안 진실이었다. 누군가가 그것을 가짜라고 한다면 기꺼이 그 사람을 더러운 거짓말쟁이로 몰았다.

여기서 한 계단 더 올라서려면 진실도 거짓말도 없다는 것을 받아들여야 한다. 그 경계는 모호했다. 어쩌면 처음부터 없었던 것일 수도 있다. 진짜 같은 거짓말과 믿을 수 없는 진실이 뒤섞여 어느새 하나로 겹친다. 그러면 내가 치는 건 사실 거짓말이 아니란 걸 깨닫게 된다. 그다음에 친다면 누구도 속지 않을 수 없다. 나도 나에게 속지 않을 수 없다. 속는 줄도 모른 채 다 속아 넘어갈 것이다. 속이는 줄도 모르니 정작 자신은 늘 정직한 줄 알 것이다. 홀로그램을 가진 사람은 능수능란하게 거짓말을 친다고 생각하는 사람이 아니다. 도리어 거짓말을 전혀 칠 줄 모른다고 생각하는 사람이다. 그들은 늘 진실하다고 생각한다. 그러니 주변에 1급이 있더라도 끝내 눈치챌 수 없었을 것이다.

이제야 1급이 되는 방법을 좀 알겠다. 1급이 되려면 거짓말과 진실의 구분으로부터, 거짓말을 잘 치는 법으로부터 멀찌감치 떨어져 나와야 한다. 이것은 내가 놓친 거짓말 가이드북의 마지막 문장이기도 하다.

보고서의 만족도는 그다지 높지 않았다. 어쨌든 내 거짓말은 들통났다. 나는 나달나달해진 거짓말 가이드북을 움켜쥔다.

"가이드북은 속지 않으려는 사람들도 봅니다. 거기도 나와 있을걸요? 속이는 사람과 속는 사람이 다 아는 방법은 아무 소용없다고. 가이드북 안에서만 맴돌아선 절대 1급이 될 수 없습니다."

그러고 보면 지금까지 거짓말에 대해 나눴던 정보들은 그 순간 모두 거짓말이 된 셈이다. 그러니 거짓말에 대해 배우는 것은 그것에 대해 하나씩 잊어 가는 과정과 별로 다르지 않다. 누구나 알고 있는 것에는 거짓이 스며들 틈이 없다. 아무도 모르는 걸 파고들어야 한다. 그러니까 진실과 거짓의 사이 어디쯤이 아니라 둘의 바깥.

거기까지 생각하자 보고서가 어디서부터 틀어진 건지 궁금해진다. 면접이 다 끝나 갈 때쯤 묻는다. 심사 위원 중 몇 사람이 턱을 괴며 말한다. 한 사람이 말하는 것도 같고 동시에 서너 사람이 말하는 것도 같다.

"그건 거짓말 친 사람이 더 잘 알겠죠. 그래도 비교적 위기를 잘 넘기긴 했어요. 레스토랑에서 대처 능력이 좀 아쉽지만. 백화점에선 순발력이 좀 부족했고. 전반적으론 거짓말을 잘 쳤어요. 다른 모든 사람들처럼. 문제는 거기에 있는 거지만."

"그래도 중개업자가 물었을 때 고개마저 끄덕이지 않았다면 자격정지까지 갈 뻔 했어요."

누가 봐도 볕이 잘 들지 않던 방이 떠오른다. 나를 둘러싼 사람들의 얼굴은 지워져 있다.

"대체 어디까지가 설정이었던 거죠?"

"그걸 알아야 1급이 되는 거죠. 진실이라고 안심하면 안됩니다. 왜 나한테 진실을 얘기하는지 따져 봐야죠. 거짓말을 다룰 때처럼. 그나저나 보고서엔 그런 내용이 없는데, 혹시……."

마지막 질문이다. 질문은 귓속으로 들어오지 못하고 근처를 헤맨다. 그래서 나는 되묻는다. 두 번째로 들었을 땐 질문이 귓속을 마구 헤집어 놓는다.

"네 사람 중에 자격증 소지자가 있었다는 거 몰랐습니

까?"

시선을 조금 비튼다. 한꺼번에 두 개의 의뢰를 연결시켜 준 건 1급으로 점찍어 둬서가 아니었던 모양이다. 그건 새로운 심사 방식이었다.

"누, 누가요? 대체 몇 명이나……."

"전부일 수도 있고 한 사람일 수도 있죠. 그걸 가려내는 게 핵심인 심사였어요. 모두 훌륭했지만 동시에 조금씩 허술했어요. 누가 먼저 눈치채느냐가 관건이었죠. 다들 알고 있는 건 거짓말 가이드북의 내용뿐이었어요. 같은 무기로 싸운 셈이죠. 그러니 누가 더 나은지 가려낼 수 있었어요."

누가 잡아당기는 것처럼 고개가 숙여진다.

"누군가는 그쪽을 잘 속여서 이번에 홀로그램을 붙이게 될지도 모르겠네요. 다음 등급 심사 때 뵙죠."

"잠깐만요! 혹시 이 면접도 짜고 치는 거 아닌가요? 맞죠?"

"농담은 제법 잘 하시네요."

나는 여전히 2급에 머물러 있다.

거짓말 치고 나서

엄마는 단체 사진을 넘겨 보는 중이다. 한 장씩 넘길 때마다 고개가 조금씩 기울다가 돌아온다. 어떤 사진에서는 고개가 기울기만 하고 돌아올 생각을 하지 않는다. 내가 끼어들 차례다. 나는 그날 엄마의 이름과 나이와 고향 따위를 주절주절 늘어놓는다. 매번 지어낸 얘기였지만 그때마다 엄마는 희미하게 미소를 짓는다. 아버지가 엄마에게 구라를 치는 이유가 이런 거에 있었나 싶다.

한 사진은 고개를 기울이지 않고 한참 보더니 이내 쓰다듬는다.

"예전에 누가 길거리에서 아는 척을 하기에 내가 사람 잘못 봤다고 했거든? 근데 그 사람이 여기 있네."

엄마는 그 사람의 얼굴에서 손을 떼지 않는다. 끝까지 거짓말을 쳐 주지 못한 게 못내 미안한 듯. 괜히 내 얼굴이 간지럽다.

엄마와 나는 서로 거짓말이 통하는 상대다. 내 거짓말이 통하는 사람이 있다는 것은 펀치 머신에서 절대 깨지지 않을 최고점을 갖고 있는 기분이다. 여전히 나는 이름도 나이도 취미나 생일도 불분명해질 때가 잦다. 어떨 때는 대학에 막 입학한 스무 살이었다가 어느 순간 졸업을 앞둔 취업 준비생이 되었다. 지난주까지만 해도 이른 결혼을 앞둔 새댁이었다. 이게 나인가 싶으면 또 다른 얼굴이 바짝 붙어 의뭉스러운 표정으로 말을 걸었다. 이러다간 진짜 내 이름이 나타나도 그 앞에서 뭉그적거릴 것만 같다. 그래도 할 수 있는 거라곤 고작 거짓말뿐이다.

내가 긴가민가할 때마다 엄마는 내가 그랬던 것처럼 옆에서 하나씩 일러 줬다. 내 이름과 나이와 사라졌던 아버지에 대해서 몇 번이고. 이제는 엄마가 거짓말을 치는 건지 아닌지 분간하지 않았다. 하지만 엄마가 조금씩 진심에 기대고 있다는 걸 어렴풋이 짐작할 수 있었다. 예전에 들었던 말이 떠오른 다음부터였다. 어설프게 치는 거면 차라리 솔직하게 털어놓는 게 나아. 진실을 견딜 수 있을 때까지, 아무렇지 않게 받아들일 수 있을 때까지만 거짓말을 칠 수 있었으면 좋겠다.

엄마는 밥 한 공기가 너무 많다고 밀어낸다. 손가락에서 헐렁해진 반지가 덜그럭거린다. 나는 엄마가 했던 것처럼 꾹꾹 눌러 반 공기처럼 보이는 밥을 내민다. 다 먹으라고 윽박지르는 것도 빼먹지 않는다. 그땐 엄마의 윽박이 사랑인 줄도 몰랐다. 그걸 깨닫는 데에 오랜 시간이 걸렸다.

엄마는 아무 소리 않고 눌린 밥을 꾸역꾸역 넘긴다. 나는 엄마가 알아챌까 봐 딴청을 피운다. 시선 끄트머리에 오디오가 걸려든다. 꼭 아버지와 눈이 마주친 기분이다.

"사람들이 몰려왔을 때 아버지는 어디로 그렇게 도망쳤던 거야? 진짜 둘째 마누라한테 가 있었어?"

"다 알면서 뭘 묻고 그래."

"내가 어떻게 알아?"

"다 안다며."

거뭇거뭇한 마당이 떠오르자 매캐한 냄새가 나는 것 같다. 나는 기침을 참는 사람처럼 얼굴이 달아오른다. 엄마는 밥을 한 숟가락 더 뜬다.

"도망가긴. 장롱에 처박혀 있었지. 둘째 마누라랑 오래 못 갈 줄은 진즉 알았지. 그년은 나더러 자기가 왜 둘째 마누라냐고 따지더라. 처음엔 둘째를 두고 하는 말인 줄 알았는데 알고 보니 마누라를 두고 하는 말인 거 있지. 지는 그 남자 마누라가 아니래, 그냥 친구지."

엄마가 눈짓으로 가리켰던 건 곁방이 아니라 장롱이었을지도 모르겠다. 그럼 귀한 건 다 숨겨 놨다는 말은 결국 거짓말이 아닐 수도 있는 건가.

"어찌 보면 불쌍한 여자야."

"왜?"

"지가 속인 건 생각 못하고 속은 것만 담아 두고 살더라. 돈이 뭔지……. 네 아버진 그 여자 서방이 갈라서게만 해 주면 대신 빚을 갚아 주겠단 말을 곧이곧대로 믿은 모양이더라."

그래서 아버지는 금방 다 갚을 거라고 했던 모양이다.

"지금도 아버지 여기 있는 거 아냐?"

"궁금하면 한번 열어 보든가. 열고서 식사하시라고 해."

말끝에는 엷은 웃음이 번진다. 웃음이 내 얼굴까지 소복하게 내려앉는다. 잠깐이지만 예전의 엄마로 돌아온 것만 같다.

"그나저나 오디오는 언제까지 끼고 있을 거야? 한 번도 트는 걸 못 봤는데. 그사이 구닥다리 다 됐네. 고물상에 갖다 팔아 버려. 아는 고물상 있어."

밥을 꾹꾹 씹어 가며 엄마는 뭉크러진 목소리를 낸다.

"여태 그것도 몰랐냐?"

"뭘?"

한 숟가락 더 떠 넣기 전 엄마는 말을 뱉는다.

"저거 텅 비었어. 겉만 번지르르하지."

나는 일어나서 오디오 앞에 선다. 예전에 엄마가 카랑카랑한 목소리로 가져갈 테면 가져가 보라고 외치던 목소리가 떠오른다. 그땐 올려다보던 오디오를 이젠 내려다본다. 주먹을 쥐고 노크하는 것처럼 오디오를 통통 두드려 본다. 오디오 안에 맴돌던 울림은 이내 방 안으로 퍼진다.

"반지 가짜라고 했을 때 눈치 못 챘어? 오디오도 순전히 뻥으로 가져다 놓은 양반이야. 저번에 면회 갔을 때도 아까운 시간에 내내 헛소리만 지껄이더라. 그래도 아직 내 얼굴 알아보는 걸 다행이라고 해야 할지."

"무슨 헛소리?"

"네가 크면 아버지를 존경하는 날이 올 줄 알았대."

구라도 제대로 못 치는 사람을 존경하는 날. 아버지는 정말 그런 날이 올 거라고 생각했을까. 예전에 아버지는 나를 두고 최소한 자기보단 나은 사람이 되어야 한다고 했다. 그땐 아버지보다 구라를 잘 치라는 소리로 들렸다. 지금은 구라를 아예 칠 줄 모르는 사람을 얘기했던 거란 생각이 든다.

곁방과 안이 텅 비어 있는 오디오 덕분에 빚이 있어도 금방 갚을 줄 알고 자랐다. 빚더미에 올라앉은 집의 아이가 그래도 우리는 중산층이라고 생각하면서 자라려면 아버지가 얼마나 많은 구라를 쳐야 했을지 짐작해 본다. 아무리 쳐 봐도 어설퍼서 돌아서다가도 다시 한 번 입술에 침을 바르고 던져 보는 희끄무레한 구라.

거짓말 가이드북에선 첫 거짓말을 준비하는 때를 사랑받지 못한다고 느끼는 순간이라고 했다. 뒤에는 한 가지가 더 있었다. 이미 겪은 과정이란 생각에 건성으로 훑어봐서 놓친 부분이었다. 사랑을 받아도 받는 줄 모르는 순간.

엄마는 밥 한 공기를 다 비우고 숟가락을 던지다시피 내려놓는다. 상쾌한 울림이 번진다.

"내가 다른 사람한텐 절대 안 속았는데 느이 아버지한텐 꼼짝없이 속아 왔어."

거짓말인 걸 눈치채지 못한다면 속은 줄도 모른다. 아버지의 구라를 제대로 꿰뚫고 있는 사람은 엄마뿐이란 생각이 든다. 나는 끝내 아버지의 속내를 몰랐다. 어쩌면 아버지는 내가 아는 최고의 거짓말쟁이인지도 모르겠다.

엄마는 여전히 아줌마들과 목욕탕에 몰려다녔다. 이제는 세 번째로 탕에 들어갔다. 언제부턴가 엄마는 집에서도 얇은 옷만 걸치고 있었다. 외출할 때가 아니면 보형물도 대지 않았다. 속일 수 있을 때까지는 속인다더니. 이제 속일 수 있을 때가 다 지나갔다고 생각하는 모양이었다.

엄마의 가슴에 얼굴을 묻는다. 엄마는 내 뒤통수를 곰살갑게 쓰다듬는다.

"그땐 억지로 안기더니 이젠 진짜 안 징그러운가 보지?"

"아니, 징그러워. 징그러워 죽겠어."

"너도 이제 슬슬 거짓말이 어설프구나. 그 나이에 벌써 그러면 앞으로 이 험한 세상을 어찌 살아가려고 그러니."

나는 여전히 2급 거짓말로 버티는 중이다. 거짓말이 완벽해지고 진실과의 경계도 정확하게 깨닫는 순간 1급이 될 줄 알았다. 하지만 이제 그것을 해체해야 한다는 걸 안다.

"눈 하나 깜짝 않고 거짓말을 칠 땐 애가 적어도 어디 가서 굶어 죽진 않겠구나 싶었지. 내 말에 다 속아 넘어가 줄 땐 또 얼마나 믿음직스럽던지."

"다 알았어?"

"그럼. 내 자식인데 그것도 눈치 못 챘을까 봐? 가만, 근데 네 이름이 뭐였더라."

엄마와 마주 앉아 지금까지 가졌던 수많은 이름을 차례로 불러 본다. 혀에 끈끈하게 달라붙어 떨어질 줄 모르는 이름도 있고 겉돌기만 하다가 덩어리째 툭 떨어지는 이름도 있다. 그 사이 진짜 이름은 좀처럼 나타나지 않는다. 어쩌면 이미 지나가 버렸을 수도 있다.

내친김에 그동안 지나왔던 나이도 헤아려 본다. 순서가 뒤죽박죽이다. 그중 엄마가 내 나이 중 하나를 골라낸다. 남자와 소년을 만났을 때의 나이다. 그동안 가끔 서른인 게 억울했고 종종 아직 서른이라 다행이기도 했다.

"그래서 넌 누구랑 만나고 싶었어?"

"글쎄……. 엄마 생각은 어때?"

"누구든 장가와서 처가에 구라나 치고 뒤로 뭐 빼돌리지만 않으면 되지. 적어도 들키진 않을 놈으로."

"아버지보단 나은 놈으로?"

"그러기가 어디 말처럼 쉽겠니."

엄마의 볼이 발개진다.

"그나저나 너 오늘 몇 살 할 차례지?"

"오늘은 스물여덟!"

"지난주 결혼식에선 누구 여동생이었더라? 안경 썼던 남자였는데."

"그게 무슨 소용이야. 오늘 내가 누군지만 알면 되지."

"하긴."

여전히 남자와 소년 사이에서 갈팡질팡하고 있다. 지금이라도 나가면 남자의 택시를 타고 종일 돌아다닐 수 있을 것 같다. 소년은 아직 발밑에 불빛을 비추며 복도를 걷고 있을까. 남자에게 기대 종일 울고 싶다가 소년은 나 없이 잘 지내고 있는지 안부가 궁금해진다.

모든 것이 다 누군가의 짓궂은 농담인 것만 같다.

몽땅 사라진 줄만 알았더니 어딘가 거짓말이 꿈틀거린다. 그것마저 말끔히 사라져야 진짜 1급이 될 수 있을 것이다. 하지만 아직 내겐 냉랭한 진실을 견디기 위한 뜨듯한 구라가 필요하다.

"덤벙대지 말고 들키지 않게 잘해."

"엄만 오늘 몇 살이야?"

"너 한창 학교 다니던 나이. 어제 전화해 보니까 아버지가 그때로 가신 것 같더라. 자기가 사기꾼을 잡았다고 하는 걸 보니."

밥상을 들고 돌아서는 엄마의 손이 눈에 들어온다. 반지가 슬그머니 빛난다. 헐거워져도 손가락에서 빼 놓는 법이 없다. 문득 오랜만에 아버지의 어설픈 구라가 듣고 싶다. 구라를 치는 데 시간을 썼던 아버지는 이제 그동안 쳤던 구라를 잊는 데 시간을 보내고 있다. 어쩌면 앞으로 밥을 먹는 것도 오줌을 싸고 잠을 자는 것도 다 구라라고 생각하고 잊을지도 모르겠다. 아버지를 만나면 이제 내가 구라를 칠 것이다. 그동안 아버지가 했던 말 다 믿고 있었다고. 실은 몰래 숨겨 놓은 돈이 어마어마하다고. 그러니까 아버지도 거기서 기죽지 말라고.

곁방과 장롱 사이로 시선을 돌리다가 입이 조금씩 벌어진다. 한 땀씩 수를 놓듯 말한다.

"다음에 면회 갈 땐 나랑 같이 가."

엄마는 나지막하게 끙, 소리를 낸다. 나는 뒤에 이어질 말을 삼켰다. 아버지가 나까지 잊어버리기 전에.

거짓말을 친다는 것은 내 안에 여객을 둔다는 의미다. 한동안 비어 있던 방에 어느덧 새로운 여객이 들어앉는다. 이번에는 부잣집 맏딸이다.

가난한 여자는 결혼을 약속한 남자가 재산 때문에 마음이 돌아설까 봐 걱정이었다. 남자가 아무리 괜찮다고 해도 소용없었다. 더 좋은 조건의 여자가 나타나면 당장 떠날 것만 같았다. 혼수는 필요 없다는 남자의 말은 조금도 미덥지 않았다. 여자는 더 좋은 경제 조건을 갖춘 여자가 접근했을 때 남자의 반응을 보면 마음이 놓일 거라고 했다. 이번 공휴일이 남자와 만날 수 있는 기회였다.

나는 가장 먼저 나에게 거짓말을 친다. 남자에게 완벽한 거짓말로 접근할 것이다. 그리고 여자가 납득할 만한 객관적인 사실을 알려 줄 것이다. 그사이에서 팽팽하게 걷기만 하면 문제없다. 그러다 보면 그 경계는 곧 허물어질 것이다. 이번엔 허물어지도록 내버려 둘 것이다. 어쩌면 여자가 원하는 답은 이미 따로 있을지 모른다. 그 답은 거짓일 수도 진실일 수도 있다. 이젠 그조차도 따져 보지 않기로 한다. 잘되면 이번에야말로 진짜 1급이 될지도 모르겠다.

거짓말 가이드북에서 시선을 뗀다. 공휴일이라 그런지 거리는 한산하다. 멀리 여자가 말한 남자가 걸어온다. 남자와 나 사이엔 아무도 없다. 우연인 척 남자와 부딪히고 여자가 만들어 준 명함을 흘리면 일단 오늘 일은 끝난다. 남자는 돌아볼 것이다. 그리고 기사가 딸린 세단에 올라타는 나를 볼 것이다.

명함에 박힌 이름을 중얼거린다. 언젠가 한 번쯤 내 이름이었던 것 같다. 가짜로 만든 명함이나 세단을 보고 남자는 내가 돈깨나 있는 집의 여자라고 믿을 것이다. 핸드백과 구두부터 머리카락 한 올까지 완벽하다. 여자가 나에게 준 나이와 학벌과 집안도 다시 한 번 떠올린다. 이전의 내 것은 이미 사라졌다. 처음엔 그 자리에 거짓말이 고였다. 그러다 내 안을 몇 바퀴 돌더니 지금은 진실과 뒤섞이기 시작한다. 벌써 경계가 조금 허물어진 것 같다.

남자가 여자를 사랑하지 않는다면 날 믿고 싶을 것이다. 그리고 그만큼 쉽게 사랑에 빠질 것이다. 그때부턴 의심할 새도 없이 정교한 거짓말을 쏟아 내야 한다. 허위를 씨앗처럼 퍼뜨린다. 종일 햇빛에 달군 구라를 한껏 내뿜으면서 어느 순간 싹 거두고 적당한 때에 시치미를 뗀다. 애매하게 둘러대다가 여차하면 뻥으로 온몸을 흠뻑 적신다. 사이사이 쇠꼬챙이 같은 공갈을 지지대처럼 꽂아 넣고 능청스럽게 물러나는 것도 잊지 않는다. 줄기는 온몸을 감고 이파리에 가려 아무것도 알아볼 수 없다. 숲이 우거지는 건 순식간이다. 그렇게 내가 아는 거의 모든 거짓말을 친다.

남자와 점점 가까워진다. 다시 숲으로 들어설 차례다. 남자는 나를 선택할까. 아니면 예정대로 결혼을 진행할까. 마지막으로 다시 한 번 나에게 말해 둔다. 이미 그것은 반쯤 진실이되어 있다. 남자와 여자와 나는 금세 삼각관계가 된다. 그깟여자에게 남자를 빼앗길 순 없다.

그런데 오늘이 무슨 날이지.

남자가 오는 길을 보니 나무처럼 일렬로 늘어선 태극기가보인다. 저기에 원래 국기 게양대가 있었나 싶은 곳에도, 어떻게 저기에 달 생각을 했을까 싶은 곳까지 빼곡하다. 남자와가까워질수록 태극기가 요동치듯 펄럭인다. 사방에 이파리가날린다. 그사이로 언젠가 들었던 아버지의 목소리가 들려온다. 네가 얼마나 귀하면 생일이라고 나라에서 태극기를 다 걸겠니? 한쪽 귀퉁이가 좀 표독스러운 목소리다. 고개를 빳빳이 들고 허리를 곧게 편다. 나는 아직 아버지의 볼품없는 구라 속에서 빠져나오지 못했다. 어쩌면 끝내 빠져나오지 못할지도 모르겠다.

걸음을 옮긴다. 거짓말 가이드북은 쓰레기통에 넣는다. 둔탁한 소리가 내 몸을 힘껏 밀어낸다. 나는 내게 속는다. 경계는 확연히 흐트러진다. 이제 나는 누구보다 진실한 사람이다. 순간 남자와 부딪힌다. 바닥에 주저앉은 내게 남자가 꾹 눌린 목소리와 함께 손을 내민다. 손을 잡고 일어서 보니 지금까지 찾아 헤매던 남자라는 확신이 든다. 이런 남자를 왜 이제야 만났을까. 어느새 주변에 들꽃이 무리 지어 피어난다. 지나치게 아름답고 화려해서 어디에 눈을 둬야 할지 모를 정도다. 이게 꽃인 줄도 모르겠다.

남자는 어떨까.

이제 꽃잎처럼 명함을 떨어뜨릴 차례다.

아무도 될 수 없다는 것과 누구든 될 수 있다는 건 결국 같은 얘기일지도 모르겠다. 난 아직 숨겨 놓은 게 많다. 그건 꽤 멋진 일이다. 나는 여전히 내가 믿지 못하는 순간이 들통나는 순간임을 알고 있다.

참고 문헌

김문성 지음, 『마법의 거짓말』, 스타북스, 2011.

나이토 요시히토 지음, 이명희 옮김, 『행복한 거짓말』, 지형, 2006.

볼프강 라인하르트 지음, 김현정 옮김, 『거짓말하는 사회』, 도서출판 플래닛미디어, 2006.

찰스 포드 지음, 우혜령 옮김, 『마음을 읽는 거짓말의 심리학』, 이끌리오, 2006.

필립 휴스턴·마이클 플로이드·수잔 카니세로·돈 테넌트 지음, 박인균 옮김, 『거짓말의 심리학』, 추수밭, 2013.

하임 G. 기너트 외 지음, 신홍민 옮김, 『부모와 아이 사이』, 양철북, 2003.

뜨내기들이 많은 동네라 세탁소에는 찾아가지 않는 옷이 많았다. 협소한 세탁소 안에 다 걸어 둘 수 없을 정도였다. 당신은 일 년 넘게 찾아가지 않는 옷을 따로 모아 뒀다. 한쪽 구석에 쌓인 옷더미에는 밀린 월급도 못 받고 하룻밤 사이 떠난 여자의 블라우스도 있었고 어머니에게 손목이 잡혀 내몰리듯 사라진 청년의 청바지도 있었다. 고물상이나 봉사 단체에서 옷을 가져가기 전 당신은 내가 입을 만한 걸 골라 냈다. 당신이 심드렁하게 내 앞에 유명 메이커 옷을 던지면 대부분 그런 식으로 골라 온 것이었다.

처음에는 몸에 딱 맞고 깨끗한 옷이라 눈치채지 못했다. 수상해 보였던 건 세탁소 천장에 걸려 있었던 군청색 코트를 받은 후부터였다. 당신의 얼굴을 구석구석 살피며 어디서 난 옷이냐고 캐물었다. 당신은 마지못해 흐리멍덩한 목소리를 냈다. 헛기침이 군데군데 뒤섞여 있었다.

집에 오는 길에 주웠다.

목소리에서 가느다란 뼈가 만져졌다. 뼈를 움켜쥐듯 조금 더 집요하게 물었다. 그래도 대답은 신통찮았다.

나는 당신이 준 코트를 입고 그해 겨울을 보냈다. 겨우내 어딜 가나 걸음이 빨라졌다. 언제라도 코트 주인이 나타나 따질 것만 같았기 때문이다. 따져 물으면 뭐라고 대답해야 하나. 처음으로 어떤 거짓말을 칠지 궁리했다. 이왕이면 당신보다 더 그럴듯하게 치고 싶었다. 어쩌면 그게 소설의 시작이었는지도 모르겠다. 그땐 당신의 거짓말이 사랑일 수도 있단 생각은 미처 하지 못했다.

겨울이 더 번지기 전 당신에게 스웨터를 내밀었다. 한 번 입어 보라고 해도 당신은 선뜻 내키지 않아 했다. 맘에 안 들어서 그러는 건가 싶은 순간 스치는 기억이 있었다. 나는 당신이 큰맘 먹고 사 왔을 누빔 점퍼 앞에서도 우물쭈물했다. 그 땐 떼지도 않은 가격표마저 의심스러웠다. 이건 또 누가 입던 옷일지 떠올려 보는 사이 당신은 평소와 다르지 않은 목소리를 냈다. 나는 믿기로 했다. 그게 사랑을 받는 방식이었다.

나는 심드렁하게 스웨터를 바닥에 부려 놓았다. 당신이 나를 쳐다봤다. 시선을 마주하지 않은 채 목소리를 가다듬었다.

새 옷을 누가 의류수거함 앞에 버리고 갔더라고.

목소리 끝에서 당신의 얼굴을 힐끔거렸다. 표정이 일렁이는가 싶더니 이내 활짝 웃었다. 당신이 내게 쳤던 것보다 더 그럴듯한 거짓말이었을까.

소설을 쓰는 동안 틈틈이 당신의 손길이 떠올랐다. 잊히고 버려진 옷 사이에서 입을 만한 걸 고르는 손길, 내 몸에 맞춰 꼼꼼하게 수선하고 깨끗하게 세탁하는 손길, 그리고 단정한 주름까지 잡아 별거 아니라는 듯 툭 던지는 손길까지. 그 손길의 절반이라도 닮아 문장을 매만질 수 있다면 좋겠다.

기꺼이 내 거짓말에 속아 줬던 수많은 당신에게 인사를 전한다. 아직 치지 못한 거짓말이 많이 남아 있다. 그건 당신도 마찬가지일 것이다. 나는 거짓말을 치는 동시에 속을 채비를 한다. 우리는 오랫동안 팽팽하게 마주할 것이다.

2016년 봄
전석순

오늘의
젊은 작가
11

거의 모든 거짓말

전석순 장편소설

1판 1쇄 펴냄 2016년 5월 10일
1판 7쇄 펴냄 2023년 10월 25일

지은이   전석순
발행인   박근섭·박상준
펴낸곳   **(주)민음사**

출판등록   1966. 5. 19. 제16-490호
주소   서울시 강남구 도산대로1길 62(신사동)
             강남출판문화센터 5층(06027)
대표전화   02-515-2000 | 팩시밀리 02-515-2007
홈페이지   www.minumsa.com

ISBN   978-89-374-7311-1 (04810)
ISBN   978-89-374-7300-5 (세트)

* 잘못 만들어진 책은 구입처에서 교환해 드립니다.

당신이 소장해야 할 한국문학의 새로움, 오늘의 젊은 작가 시리즈